— 書き下ろし長編官能小説 —

ゆうわく保母さん

羽後 旭

竹書房ラブロマン文庫

目次

この作品は、竹書房ラブロマン文庫のために
書き下ろされたものです。

第一章　副園長先生の筆下ろし

1

心地良い風が吹いていた。夏はとうに過ぎ去って、街の木々は日に日に色づきを深めている。穏やかな秋の朝だった。

（一ノ瀬先生……今日も園門に立っているかな……）

笠間悠一は期待と少しの緊張とを抱きながら、朝の住宅街を歩いていた。

手を繋いでいる幼子は、年の離れた妹の莉乃葉である。紺を基調とした制服姿は、控えめに言ってもとても似合っていて可愛らしい。

「今日はねぇ、お絵かきしてねぇ、あとは歌ったりお団子つくったりするんだぁ」

莉乃葉は待ちきれないといった感じで、目をキラキラと輝かせている。小さな脚は徐々に速まり、やがては小走りしはじめた。

「おいおい、そんなに急ぐなって。登園時間はまだまだ余裕があるんだぞ」

「だって早くみんなに会いたいんだもんっ。お兄ちゃんも早く来てよぉ」

手を引かれる形になって、悠一はやれやれと思いながら角を曲がる。

視界の先に目的地が見えてきた。莉乃葉が通う保育園だ。

園児たちが園門で手を振って、保護者と別れて屋内へと入っていく。囲った生け垣の前では、ママ友たちが井戸端会議に花を咲かせていた。

(あれは……よかった、今日も一ノ瀬先生だっ)

園門には一人の女性が立っている。登園してくる児童たちを笑顔で出迎え、保護者に会釈する彼女こそ、悠一が莉乃葉と登園を共にする最大の理由だった。

「一ノ瀬先生、おはようござ」

「おはよーございますっ！」

緊張気味の挨拶は、莉乃葉の元気のいい声量に消されてしまう。

「あら、莉乃葉ちゃんおはよう。今日も元気がいいわね」

彼女は莉乃葉に優しく微笑むと、続けて悠一にもニッコリと笑顔を向けてきた。

それだけで悠一の心拍数は一気に高まってしまう。

（ああっ、なんて素敵な笑顔なんだっ。もう天使、いや、女神様なんじゃないか？）

やり直した挨拶の声が微妙に震える。何度も同じ経験をしているのに、まったく慣れる気配がない。

（こんなにキョドったらカッコ悪いというか……気持ち悪がられちゃうかもしれないのに……）

男である以上は、少しでも良く見られたい。

それが、好意を募らせる女性ならばなおさらだ。

一ノ瀬瑠奈、二十四歳。この保育園の保母であり、悠一がかつてないほどに恋い焦がれる女性である。

「笠間さん、今日もこれから大学ですか？　毎日勉強大変ですね」

瑠奈は笑顔を崩さず気遣いの言葉をかけてくる。

見惚れていた悠一はハッとして、慌てて謙遜した。

「そ、そんなっ。大学なんて講義を聞いているだけでいいですから。理系ならともかく、僕は文系だし楽な方ですっ」

「でも、一日何時間も黙って講義を受けるなんて、私には出来ないから。笠間さんは私とは頭の出来が違うんですね」

そう言ってふふっと笑った。

お世辞だとしても素直に嬉しい。自分が彼女に認められているように錯覚し、またしても彼女に見惚れてしまう。

(ああ、一ノ瀬先生……本当にきれいだ……。世の中に、こんなにも魅力的な人がいるなんて……)

瑠奈の肌は真っ白でまるで新雪のようだった。ポニーテールにまとめた黒髪は艶やかで、白い肌との対比が美しい。悠一には彼女の全身が輝いているように見える。

(それに……細身なのに、なんて大きなおっぱいなんだ……っ)

ニット生地を押し上げる二つの膨らみは、まごうことなき巨乳だった。大きな面積を誇る曲面と圧倒的な質量に、視線を向けずにはいられない。

(一体どんなおっぱいが隠れているんだ……サイズは何カップなんだろう……)

日々浅ましい妄想を抱くも、まったく見当などつかなかった。未だ女を知らない悠一には、明確に夢想することなど不可能だ。

「先生、早く教室に行こうよぉ。今日もいっぱい遊んでぇ」

不埒な思いを巡らせていると、莉乃葉が甘えた声で瑠奈に言う。

腰付近に両手で抱きつき、丸くたっぷりとした臀部に頰を擦りつけていた。

（莉乃葉のヤツ……くそっ、羨（うらや）ましいな……）

　幼児の無邪気な戯れに、嫉妬にも似た羨望（せんぼう）を抱く。

　恥も外聞も捨て去って、自分も同じことをしたくて仕方がない。

「うふふ。じゃあ後でたっぷり遊びましょうね。でも、ごめんね。今は他のお友達をお迎えしないといけないの」

「そうだぞ。あんまりわがまま言って困らせるんじゃない」

　思い通りにならないせいか、莉乃葉がぷくっと頬を膨らませてそっぽを向く。瑠奈に抱きつく腕に力を込めて、まさにしがみつく形になった。

「おい、こら……すみません。迷惑ばかりかけちゃって……」

「うふふ。いいんですよ。甘えられるのは嫌いじゃないですから。じゃなきゃこの仕事、していないですからね……あ」

　柔らかい笑みを浮かべた瑠奈だったが、急に園舎の方を向き、表情を曇らせた。

　何かと思って視線を向ける。浅黒い肌をした、瑠奈よりも年上の保育士が彼女を呼んでいた。

「……ごめんなさい、ちょっと行きますね。莉乃葉ちゃん、また後でね」

　瑠奈はそう言って莉乃葉の腕をゆっくり解（ほど）くと、小走りに園舎の方へと向かっていった。

彼女を呼んだ女性保育士とともに、園舎の中へと消えていく。

「うぅ……つまんないのぉ」

「先生は忙しいんだよ。莉乃葉たちのために一生懸命頑張ってるんだから」

とても自分には出来ない仕事だと思う。

莉乃葉の相手をするだけでも悠一はいっぱいいっぱいなのに、瑠奈は何十人もの子どもたちを相手にしているのだ。

気苦労も多いだろうに、そんな素振りを少しも見せない。恋情とともに尊敬の念を抱かずにはいられなかった。

「おはようございます。莉乃葉ちゃんもおはよう」

不意に穏やかな声が飛んできて、悠一は顔を上げる。

近寄ってきたのは副園長の榊真梨子（さかきまりこ）だった。

「副園長先生、おはようございます」

悠一が会釈をすると、莉乃葉も先程と同じくらいの声量で挨拶をする。

そんな二人を真梨子はニコニコとしながら見つめていた。少し垂（た）れ目な双眸（そうぼう）が彼女の優しい性格を表している。

（副園長先生も相変わらず美人だよなぁ）

長いストレートの黒髪と白い肌。アーモンド型の目は左右できれいに対称をなしている。

身体は出るところは出て、締まるところは締まっている。そんなメリハリのある肉体に、熟女(じゅくじょ)特有の脂(あぶら)が乗っているのだからたまらない。

（確かこの前、四十歳になったんだっけ……美魔女ってこういう人のことを言うんだろうな……）

瑠奈とは異なる魅力に視線が離れない。たゆんと揺れる豊乳もたまらなかった。

「笠間さん、今日もお見送りですか。若いのに立派ですね」

「正直に言えば面倒くさいですけど、この子には僕と祖母しかいないですからね。仕方が無いですよ」

悠一と莉乃葉の両親は既(すで)にいない。数年前に交通事故で他界してしまった。

それ以来、悠一は彼女にとって兄であると同時に父親である。保育園への一緒の登園はその勤(つと)めの一つだった。ちなみにお迎(むか)えは祖母の仕事だ。

「……すみません、辛いことを言わせてしまって」

真梨子が申し訳なさそうな顔を浮かべて目線を伏せた。

「いえ、気にしないでください。僕は現状を受け入れていますから」

そう言ってあははと笑う。考えても仕方のないことだし、そもそも悠一自身は今の生活が嫌いでは無いのだ。

真梨子は「そうですか」と少しほっと様子を見せると、続けて口を開いた。

「笠間さんは今、おいくつになられたんですっけ？」

「二十歳です。だから兄妹というよりは、親子みたいな年齢差で……」

「うふふ。年齢差がどうあろうと、笠間さんがいいお兄さんであることに変わりはありませんよ。ねぇ、莉乃葉ちゃん？」

莉乃葉に合わせて真梨子がしゃがむ。

胸元が少し緩んで、二つの膨らみがむにゅっと盛り上がった。

柔らかそうな乳肉と深い谷間。悠一は直視できずに視線を逸らす。少し頬が赤くなっている自覚があった。

「私は瑠奈先生のほうが好きー」

少しつまらなそうに莉乃葉が言う。

最近は自我が出てきたのか、たまに反抗的なのだ。

「ま、こんなもんです」

「あら、うふふ」

穏やかに笑う真梨子は、まさに母性の塊のようだった。

実際、彼女の性格や副園長としての手腕は高く、彼女の評判がこの保育園を引っ張っていると言っていい。悠一も、真梨子を心の底から信頼している。

「莉乃葉ちゃんだー。おはようー！」

突然背後から甲高い女児の声が飛んできた。

彼女は小走りに駆け寄ると、莉乃葉にギュッと抱きついてくる。莉乃葉は満面の笑みで迎え入れていた。

「萌香ちゃんおはよう。うう、苦しいよぉ」

「だって早く莉乃葉ちゃんに会いたくて。ねぇねぇ、早く教室行こうよ。私ね、いいこと知っちゃったんだぁ」

「え、何々っ？　知りたーい！」

互いに目を楽しそうに輝かせている。

萌香という女の子は、莉乃葉が特に仲良くしている女の子だった。たしか、結構な資産家のお嬢様だったはずである。

「じゃあね、ママっ。行ってきまーす。ほら、行こ行こっ」

「ああ、待ってよっ。お兄ちゃん、じゃあねぇ！」

二人は手を繋ぐと、猛ダッシュで園舎へと消えていった。

（相変わらず元気だなぁ……）

呆れるようにため息をつくと、真梨子がふふっと小さく笑った。

「あとは任せてくださいね。笠間さんはこれから大学でしょ。頑張ってください」

「はい……すみません、迷惑かけたらご連絡を。ちゃんと家で言って聞かせますから」

「いえいえ。小さい子は元気すぎるくらいがちょうどいいんですよ」

確かにそうなのかもしれない。自分も莉乃葉くらいの年齢のときは、意味もなくあちこちを走り回っていた記憶がある。

「それじゃ、あとはよろしくお願いします」

悠一は真梨子に頭を下げる。

彼女は朗らかな笑みを浮かべながら、小さく手を振ってくれた。

（いいなぁ……僕もああいう女性にお世話されたい……いやいや、僕は一ノ瀬先生が好きなんだから、変なこと考えたらダメだろっ）

邪な思いを振り払い、悠一は踵を返す。

ちらりとこちらを見る女性がいた。萌香からママと言われていた女性である。

（いかにも御婦人って感じだな。上品さがにじみ出ている……）

身なりは決して派手ではないが、気品の高さに溢（あふ）れていた。そして、何より美人である。

だが、彼女は視線が合うと、軽く会釈してその場から離れてしまった。歩く後ろ姿も品を感じさせて美しい。

（なんであんなイイトコの人が、こんな庶民的な保育園に子供を通わせているんだろう……）

他人のことだというのに、ふとそんなことを考えてしまう。

登園してくる園児たちがじわじわと増え始めた。送迎用のワゴン車が止まって、ぞろぞろと子供たちが降りてくる。

（そろそろ僕も行くか。今日はバイトもあるしな）

園児と保護者に囲まれているのは、なんだか居心地が悪かった。

悠一はそそくさと園門を離れて大通りへと出る。

通勤通学の人の波に混ざってから、今一度、瑠奈のことが頭に浮かんだ。

（呼び出されていたけど……いったいどうしたんだろう。なんだか暗い顔をしていた気もするし……)

優しくて眩しいくらいの笑顔が常の彼女が、一瞬だけ見せた曇った表情。

なぜか妙な胸騒ぎがした。

(……気になる。けれど……直接聞くのもな……)

自分は彼女にとっては両親の代理でしかない。ずけずけと個人の領域に口を挟むわけにもいかない。

結局、悠一は胸中にモヤモヤしたものを抱きつつ、駅へと向かわざるを得なかった。

2

アルバイトが終わって駅についたのは、夜の十時を回ったときだった。

住宅がメインのこの街では、既に人通りは少ない。車もたまにタクシーが通り過ぎるだけだった。

(明日は大学も休みで、バイトも夕方からだしな。今夜は夜更かしでもしようかな)

そんなことを考えながら歩いていると、いつも保育園から出てくる道との交差点にやってきた。

（おや……明かりがついてるぞ。もうこんな時間だってのに）

左を向いた先の突き当たりが保育園なのだが、園内の一か所だけが明るい。こんな時間に照明がついていることなど今までなかった。

（なんだろう……何か気になるな……）

電気の消し忘れかもしれないが、もしかしたらということもある。

悠一は朝来た道を逆戻りする形で、園門まで歩を進めた。

（奥の部屋に明かりがついてる。あそこは確か職員室だったたっけ）

エントランスの奥の部屋から明かりが漏れている。ここからは中の様子はわからなかった。

（門をくぐって中に入っても、警備会社のサイレンが鳴るかもしれないしな……うーん）

園門の脇に貼られた銀のシールは、街でよく見る警備会社のものである。強引に中に入って不審者扱いされては敵わない。

（そういえば、真裏に路地があったっけ。そこからなら中が見えるかも……）

通ることがないので忘れていたが、車の入れない小道があったはずである。

悠一は保育園をぐるりと回って小道に入ると、道に面した生け垣から首を伸ばして中を見る。

(あれは……副園長先生じゃないか)

無機質な蛍光灯に照らされた職員室で、真梨子だけがワークチェアに座っていた。

灰色のスチールデスクに突っ伏している。両腕で顔を囲うようにしている彼女は、等間隔でゆっくりと肩を揺らしていた。

(寝ちゃってるのか……そりゃ、あんな大変な仕事していたら疲れて当たり前だよな)

園児の相手だけでなく、副園長としての実務や責任もあるであろう。

この保育園は彼女の母親が園長だが、高齢のため園長としての業務の多くを真梨子がしていると聞く。その多忙さや重責は学生の悠一が想像する以上のはずだ。

(そっとしておこうか……僕が何かしてあげられるわけじゃないしな)

悠一はそう思うと、背伸びを止めて帰宅しようとした。

が、踵を地面につける瞬間、足元の生け垣からガサガサッと音を立てて、何かが勢いよく飛び出てきた。

「うわぁあっ!」

突然のことに絶叫した。静かな住宅街に悠一の情けない声が響き渡る。

（なんだよ……猫かよ。びっくりさせやがって……）

数メートル先で黒い猫が何食わぬ顔でこちらを見ていた。何をしているのかと悠一を見下しているかのようだ。

そしてすぐに、ガラス戸を開ける音が聞こえてきた。

「だっ、誰っ？　そこにいるのは誰？」

真梨子が慌てた様子で声を上げた。

生け垣越しでも人がいるくらいは確認できるらしい。このまま走り去っては恐怖を抱かせるだけだろう。

（仕方がないか……）

悠一は諦めて真梨子に名乗り出るのだった。


時刻は夜の十時半を過ぎていた。

歓声どころか音楽すら聞こえない静かな職員室に、悠一は真梨子と向かい合って座っている。

手元にはお茶を用意されていたが、気まずさから手をつけられずにいた。

「まさか笠間さんだとは思わなくてびっくりしちゃった。うふふ」

真梨子はいつもの優しい笑みを浮かべて言う。

「すみませんでした。電気が点いていたから気になっちゃって……」

「まぁ、普通、保育園でこんな時間まで明かりを点けることなんてないですからね。ちょっと仕事が溜まっちゃって」

真梨子のデスクには書類やらファイルやらが積み上がっていた。傍から見ても相当な量である。

「大変ですね……子どもたちを見ながら、この書類を片付けるんだから」

「仕方がないですよ。それが副園長としての私の責任だから。もちろん、面倒くさいから嫌ではあるんですけどね」

そう言ってふふっと笑う。

（ああ、副園長先生、本当に素敵だな……）

自分の立場を自覚しながら、茶目っ気さも忘れていない。真梨子の飾らない姿に、キュンと胸が疼いた。

真梨子は休憩がてらに話がしたいと、悠一に様々な会話を振ってきた。大学のことやアルバイトのこと、莉乃葉のことや家のことなどを尋ねては、悠一が答えて話を膨らませていく。

気づくと時間はだいぶ経っていて、既に十一時を過ぎていた。

「それじゃあ……もう一つだけ聞かせてください。悠一さんは今、好きな女性はいらっしゃるの？」

ズバリと聞かれてドキリとした。

もちろん答えはイエスだが、まさかこの保育園の先生だと口には出来ない。

「い、いないですよ……一人のほうが気楽ですしね。あはは……」

「……ふぅん」

（あ、まずい。その目は信用していない目だ……）

さすがに挙動がおかしかっただろうか。あからさまな嘘の返事をしてしまったことに動揺する。

真梨子がキャスター付きの椅子に座った状態で真横に来た。覗き込むようにして顔を近づけてくる。

「いるけど言えない……って顔ですね。ふふっ」

「いやっ、そんなことは」

「笠間さんにいいこと教えてあげます。女っていうのは、男の人の嘘には敏感なんですよ。特に笠間さんの場合は嘘を付くのが上手ではないみたいですし」

真梨子がニヤリとした顔を向けてくる。白い歯が唇から覗くのが、やけに妖艶に思えてゾクリとした。

「えっと……それは……あの……」

言い淀みながら焦りだけが募っていく。暑くもないのに背中が汗でしっとりし始めていた。

「でも、その分だとお付き合いはしていないみたいですね。ねぇ……女性とお付き合いしたことはありますか？」

「い、いえ……自分なんかモテないですから……」

「じゃあ、女性と……エッチなことをした経験もまだ？」

究極の質問をされて心臓が跳ね上がる。

そして気づいた。真梨子の様子が少しおかしい。

（なんか目がとろんとしてて……吐息がはっきりと聞こえてくる……）

ついさっきまでの彼女とは明らかに違った。アーモンド型の瞳は微妙に潤み、ぽってりとした唇からは熱のこもった吐息が繰り返されている。白い顔は頬だけがほんのりと桜色に変化していた。

「ねぇ、笠間さん……」

「は、はい……」

「いつも、私のおっぱいを見てますよね？　こんな年増のおっぱいなのに気にしてくれるんですか？」

真梨子がググッと身体を寄せてきた。ニット生地を大きく盛り上がらせる球体が、軽く悠一の身体へと触れてくる。

(バレてたのか……っ。ていうか……副園長先生、いきなりどうしたんだ……っ？)

あまりにも衝撃的な展開に、頭の整理が追いつかない。

ただ、自らの本能だけは従順だった。かすかに感じる胸の柔らかさだけで、股間では分身が急速に肥大している。

「ねぇ、どうなんですか？　女の質問には答えなきゃダメですよ……？」

見たこともない妖艶な笑みを浮かべる真梨子は、さらに乳房を押し付けてくる。

どこまでも柔らかい肉房は、童貞の青年にはあまりにも刺激が強すぎた。

(あぁっ、ヤバい。チ×コが……っ)

完全に屹立(きつりつ)した肉棒が、卑(いや)しいテントを形成する。

それに真梨子はすぐに気づき、耳元でふふっと小さく笑った。熱い吐息が耳朶(みみたぶ)を撫で、たまらずブルッと肩が震える。

「嬉しいです……私でこんなに大きくしてくれて……」

次の瞬間、悠一は驚愕した。

真梨子の細指がそっと勃起を撫でてきたのだ。

「ふ、副園長先生っ。これは……ううっ」

恥ずかしさとやましさがこみ上げてたまらない。

しかし、それ以上に湧き上がるのは女性に性器を撫でられるという歓喜と愉悦だった。

(ズボン越しだっていうのに……自分で触るのと全然違うっ。軽く撫でられただけでめちゃくちゃ気持ちいい……っ)

窮屈な股間の中で、肉棒がビクビクと激しい脈動を繰り返す。さらけ出しているテントが、何度も卑しい蠢きを見せていた。

「笠間さん、元気ですね。それだけ若いってことでしょうか……ふふっ」

「あ、あの……さすがにこれ以上は……」

あまり撫でられると暴発しかねない。現に肉棒は痛いくらいに肥大して、今までにない跳ね上がりを繰り返している。

カウパー腺液の湧出は止まることなく、パンツの裏側をべっとりと汚しているのが自分でもわかった。

「これ以上はなんですか？　ほら、さっきから質問に答えられてないですよ？」

真梨子はそう言うや否や、ついにテントを強く揉み始めた。

圧倒的な喜悦がこみ上げて、自然と下半身が腰ごと跳ね上がる。

「うふふ……気持ちよさそうな顔してますね。かわいい……」

（このままじゃ出てしまう……っ。質問に答えたら止めてくれるのか……？）

正直、この状態で止められるのは口惜しくて辛いだろうが、暴発というみっともなさを晒すよりはマシであろう。

悠一はギュッと目を瞑ると、コクコクと頷きながら口を開く。

「そ、そうですっ。副園長先生のおっぱい見てました。おっきくて柔らかそうで……いつも気になっていたんです。だ、だからこれ以上しないでください。出ますから……このままだとイってしまいますっ」

恥を忍んで一気に言った。

すると、真梨子がニヤリと口端を吊り上げる。

「うふふ、よく言えました。それじゃあ……ご褒美をあげないとですね」

真梨子はそう言うと、自らの服をめくってしまう。

豊満な白乳がベージュのブラジャーに包まれていた。詰め込まれた乳肉で谷間は恐ろしいほどに深い。

「見たいんですよね。いいですよ。私のおっぱいを目の前で見せてあげます……」

ブラジャーが一気に上へとずり上げられた。

瞬間、蜜乳がブルンと音をたてるかのごとくさらけ出される。

(うわっ……こ、これがおっぱい……っ)

初めて見る生身の乳房はあまりにも衝撃的だった。

圧倒的なボリュームでふよふよと柔らかそうに揺れている。

「歳も歳だから少し垂れちゃってるけど……ほら、これが笠間さんが見たがってたおっぱいなんですよ」

真梨子が見ろとばかりに柔肉を突き出してくる。

垂れているとは言うが、蜜乳は左右できれいな釣鐘型(つりがねがた)を描いていた。乳肌は真っ白で輝いているかのようだ。

頂点で硬く膨らむ乳首は、小指の先より少し大きい。その周りの乳暈(にゅううん)は親指と中指で作った輪よりも広いくらいで、縁(ふち)が乳肌と絶妙なグラデーションを描いていた。

「ああっ……なんて……なんておっぱいなんですかっ。めちゃくちゃキレイで……

うあっ！」

血走った目で豊乳に魅入られていると、股間にかつてない愉悦が訪れる。

真梨子がパンツの中に手を突っ込んでいた。あさましく反り返った肉柱を直に触って擦過し始める。

「おち×ちん、ドロドロになってる……ああ、硬くて……とっても熱いです」

真梨子は酔ったような口調で言い、雁首を弄っては根本まで断続的に扱いてくる。

「ま、待って……っ、本当に出ます……もう止めて……っ」

「じゃあ出しちゃいましょうね。我慢なんてしなくていいんです。しちゃダメですよっ」

彼女は器用にペニスを取り出すと、一気に苛烈な手淫を見舞ってくる。

グチュグチュと卑しい音色を繰り返し、ついには両手で勃起を愛でてきた。

「ほら、出して。思いっきり射精して。このまま出しなさい……っ」

はぁはぁと熱い吐息を混ぜつつ、真梨子が甘く囁いてくる。

童貞の悠一にはあまりにも刺激が強すぎた。堪えられるわけなどない。

股間の奥底で何かが勢いよく爆発し、腰を大きく突き上げる。

瞬間、猛烈な勢いで白濁液が飛び散った。

「うぐっ……ああっ」

「ああっ、すごい……もっと出して。いっぱい出して……っ」

射精する肉棒を真梨子はなおも扱き続ける。搾り取るような手付きに合わせて、ビュルビュルと精液が彼女の手や職員室の床に撒き散らされた。

(うう、気持ち良すぎる……女の人に射精させられるのが、こんなにもすごいだなんて……)

自慰ではあり得ぬ放出感と多幸感だった。意識はぼんやりとしてしまい、虚ろな瞳で天井を見る。

「うふふ……本当にいっぱい出ましたね。はぁ、ぁ……すごい匂い……」

ヒクヒクと鼻腔を動かす真梨子が恍惚としたため息をつく。美しい顔は淫らに蕩け、全身から淫靡さを醸し出していた。とろんとした瞳が悠一と肉棒に注がれる。

「まだおち×ちん硬いじゃないですか……一回出すだけじゃ満足出来ないってことですね。ふふ……素敵です……」

手についた精液を潤滑油にして、ゆっくりと勃起を愛撫し続ける。

射精直後の肉棒には強烈な刺激だったが、止めて欲しいとは思わない。むしろ、もっとして欲しいとばかりに脈動が止まらなかった。

「あ、あぁ……副園長先生……」

「真梨子って呼んでください……呼んでくれたら……うふふ、もっといいことしてあげますよ」

「え……それって……」

淡い期待が生まれ出て、じわじわと濃さを増していく。

真梨子もそれを察したのだろう。彼女は嫣然と微笑みながらコクリと頷き、ゆっくりと囁いた。

「手だけじゃイヤですよね……もっとちゃんとしたエッチをしましょう。私と……セックスしてくれますか？」

3

職員室のさらに奥には、畳敷きの休憩室があった。

広さにして四畳半あるかないかというくらい。折りたたみ式のちゃぶ台と数枚の座布団が置かれているだけの極めて質素な部屋だった。

「ふふっ……さっき出してからずっと大きいままですね。すごいわ……んちゅっ」

悠一は座布団に座った状態で勃起を撫でられながら、真梨子からの口づけに酔いしれていた。

（ああ、なんて柔らかくて気持ちいいんだ……これがキス……たまらない……っ）

施（ほどこ）されることのすべてが未知の愉悦だった。もう意識はさらなる卑猥（ひわい）な行為への期待に支配されている。

「こんな大きなおち×ちん、私に入るかしら……私も久々だから……」

真梨子の吐息は先程以上に熱くなっている。丸出し状態の蜜乳も、汗ばんでいるのかしっとりとしていた。

「ねぇ、笠間さん。私とエッチすることに後悔しませんか……？　好きな人への罪悪感とかは大丈夫？」

そう言われてたじろいだ。本能は沸騰しているものの、良心はまだ意識の奥底にこびり付いている。

「……ないと言えば嘘になります。けれど、それ以上に副園……真梨子さんとしたい気持ちのほうが今は強いです」

嘘をついたところで仕方がない。瑠奈と真梨子、双方に失礼なのは百も承知で正直に答えた。

「……それじゃあ、私がエッチのやり方を教えて上げますね。いつか好きな人と身体を重ねるときに、笠間さんからリードができるように。私を練習台にして」

真梨子は慈愛の籠もった微笑みを浮かべると、再び舌を絡めてくる。

彼女の舌戯は驚くほどに濃厚で、たまらない心地よさだった。

ねっとりと舌に絡んできたかと思えば、歯茎や上顎を舐めてきて、奥までねじり込んでくる。

「うぐっ……ああ、真梨子さん……」

「私と同じようにしてください……女は上手にキスされれば……それだけで酔ってしまうものなんですよ」

つまりは瑠奈も同じということだろうか。

悠一は言われるがままに真梨子と同じ動作を繰り返す。自らの舌を絡ませて、どこか甘さを感じさせる口腔内をぎこちない動きで舐めていく。

「んあ、ぁ……そうです。ああ、とっても上手ですよ……んんっ」

興奮が募ったのか、勃起を擦るスピードが速まった。先走り汁と精液にまみれた肉棒がグチュグチュと卑しい音色を響かせる。

「ううっ……真梨子さん、そんなに弄られたらまた……っ」

「ダメですよ……二回目も手でシコシコしただけでイくなんて許しません……」

真梨子はそう言って、肉棒からようやく手を離した。

牡(おす)の淫液にまみれた手は淫靡な輝きを放っている。濃厚な淫臭が放たれて、悠一は思わず赤面した。

「うふふ……とってもエッチな匂いですね。あぁ……この匂い、久しぶり……」

見せつけるように彼女は手の匂いを嗅いでいる。

それだけでなく、汚れた細指に舌を伸ばし始めてしまった。白濁化した淫液は真梨子の舌に絡め取られて、彼女の体内へと嚥下(えんげ)されていく。

(な、なんてエロいんだ……本当にあの副園長先生なのか……?)

見ろとばかりに舌を伸ばしながら秋波(しゅうは)を送ってくる真梨子は、もはや普段の副園長ではない。

若い男に本能を燃やす、卑しくて美しい一匹の牝(めす)だった。

「ふふ……びっくりしましたか？　私が……こんなにもいやらしい女だってことに」

淫液を舐め終えた真梨子が蠱惑(こわくてき)的に微笑んでくる。

瞳はますます濡れていて、理知的な顔はすっかり蕩けていた。

ゾッとするほどの艶姿(あですがた)に思わずたじろいだ。

「笠間さんに教えてあげますね……女だって本当はとってもエッチな動物なんです。みんな涼しい顔して過ごしているけど……内面は男の人なんか比べ物にならないほどにいやらしい生き物なんですよ……」

真梨子はそう言うと、悠一を優しく押し倒す。

敷かれていた座布団に仰向けにさせられると、視線の先で真梨子の乳房が誘うように揺れていた。

乳首は相変わらず硬く膨れていて、触れれば破裂しそうなほどである。

「年増の身体で申し訳ないけど……興奮してくれたら嬉しいです」

真梨子が着けていた衣服を脱いでいく。上半身をむき出しにして、ついには下半身も脱ぎ捨てた。

残ったのはショーツだけ。そのクロッチ部分には、楕円の染みがはっきりと描かれている。

「だらしない身体でごめんなさい……こんな身体でもいいですか？」

「なっ……どこがだらしないんですかっ。その……めちゃくちゃきれいです。本当に、冗談とかじゃないです……っ」

興奮に混乱する頭でなんとか正直な感想を言い放つ。

真梨子の身体は真っ白な肌に覆（おお）われて、霞むような美しさを誇示していた。ウエストから腰への緩やかな曲線に、柔らかそうな四肢。もはや夢を見ているかのようだった。

「嬉しい……私なんて笠間さんから見ればおばさんでしかないはずなのに……女として見てくれるんですね」

「おばさんなんかじゃないです。その……言い表せないくらいに魅力的で……ヤバいです」

言葉が嘘ではないと証明するように、股間の剛直はビクビクと跳ね上がる。枯れることを忘れたカウパー腺液がダラダラと肉幹を濡らしていた。

「ああ……そんなこと言われると……私、本当に嬉しくて……どこまでもいやらしくなってしまいます……」

恍惚とした表情を浮かべる真梨子が、唯一残ったショーツに手をかける。

絹のようになめらかな太ももを薄布が滑り落ち、ついに聖域が晒された。

(真梨子さんのアソコ……お、おま×こが……！)

まろやかに盛り上がった恥丘には、にじむような叢（くさむら）が広がっていた。一本一本が細くてとても柔らかそうだ。

「女のココを生で見るのは初めてですよね……私のでいいのなら……はぁ、ぁ……しっかりと見てください」

真梨子が顔を跨いでから、ゆっくりと脚を開いていく。

瞬間、クチュッと粘着音が響いたと同時に、女の聖域が眼前に現れた。

「ああっ……こ、これが……」

「そうです……これがアソコ……ああ……おま×こですよ……」

淫華は既にたっぷりと潤って、周りまでヌルヌルの状態だった。陰核は包皮を脱ぎ捨てて、存在を主張するように硬く膨れている。ぽってりと肉厚の花弁は満開となり、中の媚膜(びまく)をさらけ出していた。まるで呼吸をするかのように、絶えず収縮する柔肉からは女蜜とともに生々しい牝の匂いが放たれる。

(見た目も匂いも……ああっ、たまらなく興奮する。女の人のアソコって、こんなにもすごいのか……っ)

一種の感動を覚えていると、真梨子の腰が緩やかに揺れていることに気づいた。

呼吸はより熱くなり、そのたびに愛液がにじみ出る。姫口に止(とど)まれなくなったそれが、雫(しずく)となってねっとりと垂れ落ちた。

「本当は触ったり舐めたりを教えてあげたいのだけど……ごめんなさい、もうこれ以上は……」

真梨子はそう言うと、下腹部へと移動した。

いきりたつ勃起に指をかけ、自らの淫膜への角度を調整する。

（入れるんだ……真梨子さんの中にチ×コが……セックスするんだっ）

「はしたない女でごめんなさい……入れちゃいます……う、ううんっ！」

膨れきった亀頭が牝膜(ひんまく)に飲み込まれる。そのままゆっくりと肉幹まで埋まっていった。

（うわぁっ……な、なんて柔らかく熱いんだ……うう、気持ちいい……気持ちいいなんてもんじゃない……っ）

未知の愉悦に目の前がチカチカした。あまりの快感に勃起が弾(はじ)けそうなくらい脈動する。

「あ、ああっ……中が広げられて……あぅ、んっ！」

首を仰(の)け反(ぞ)らせた真梨子がついに肉棒のすべてを蜜壺に浸(ひた)す。

亀頭から根本までが熱く蕩けたものに覆われた。強すぎず弱すぎずの絶妙な塩梅(あんばい)で圧迫してくる。

（ううっ、気持ちよすぎる……セックスってこんなにもすごいのか……っ）

ついさっき射精したというのに、牡の衝動が一気に盛る。子宮口と密着した鈴口からは、カウパー腺液が止まらない。

「はぁ、ぁ……入れてるだけで気持ちいいです。こんなの久しぶり……ああっ、ダメぇ……」

挿入の余韻に浸る真梨子だったが、やがて眉根を寄せながらゆっくりと腰を振る。むき出しの白い肌はしっとりと汗ばんで、甘い香りを漂わせていた。

初めて嗅ぐ芳香に、悠一の興奮は加速する。男を魅了する誘惑のフレグランスだった。

「うぐっ……真梨子さん、ああっ……めちゃくちゃ気持ちいいですっ」

悠一の言葉に真梨子が蕩けた笑みで返してくる。

ググッと膣奥が押し付けられた。濡れそぼった結合部からのプチュッと卑しい水音が聞こえてくる。

「ううっ……ダメですっ。そんな強くされたら……ああっ」

「うあ、あっ……まだ我慢ですよ？　まだまだ……セックスってのは、こんなもんじゃないんですから……っ」

圧迫はそのままで、グリグリと先端を擦ってきた。自らの膣奥を抉るような動きに、煩悩が炸裂する。

（うあっ……マズいっ。本当にマズい……気を抜くとすぐに射精してしまう……っ）

真梨子の媚膜が寸分の隙間もなく絡みつく。その状態で真上から圧迫されて揺らされるのだ。女を初めて知る悠一にとってはひとたまりもない。

「中で……おち×ちんがビクビクしてるのがわかります。そんなに気持ち良さそうにして……ああ、かわいい……っ」

感極まったように真梨子は言うと、上体を倒して悠一の顔を覗き込んでくる。

「もっと見せてっ……笠間さんのエッチでかわいい表情見せて。ほら、私を見て……っ」

腰を動かしながら頬に手を添えて、顔を固定されてしまった。美熟女のとろけた視線が絡みついてくる。

（ああっ、そんな顔して見ないでくれ……我慢が……我慢が出来なくなるっ）

額に汗を浮かべつつ、奥歯を嚙み締めてなんとか堪える。だが、それも時間の問題だった。

（おっぱいがタプタプ揺れて……ああ、なんて柔らかそうなんだ……っ）

巨大な蜜乳は振り子になって揺れていた。乳肉同士がぶつかって柔らかそうにひしやげている。頂点の乳首は弾けそうなくらいに膨張し、まるで悠一を誘っているかのように思えた。

「ああっ、真梨子さんのおっぱい……っ」

悠一は叫ぶように言うや否や、双丘に手を埋めた。瞬間、濡れた白肌が吸着し、ふわふわの乳肉が包み込む。

（なんだこれっ？　おっぱいってこんななのか……っ）

あまりにも甘美な揉み心地に驚愕した。意識は一瞬で蜜乳に奪われる。

「はぁ、っ……いいんですよ。おっぱい、好きなだけ揉んでくれても。気の済むまで捏ね回して……あ、ああんっ」

言われるより先に手のひらを押し込んだ。

豊乳はどこまでも柔らかく、意識はより恍惚とする。

更には左右それぞれをすくい取り、たっぷりと揉み回した。

「あ、ああっ……そうですっ。いいっ……おっぱいいいですっ。ああん、揉むのが上手……っ」

真梨子は締まりのなくなった唇から、さらに甘い吐息を響かせる。

白い身体がビクビク震えて、全身で官能を訴えていた。

（乳首もこんなパンパンになって……ああ、摘(つま)んでいいんだよなっ）

同意も得ずに乳蕾をキュッと摘む。

その瞬間、真梨子がカッと目を見開いた。

「ひぃ、いいんっ！　あ、ああっ……乳首はっ……乳首、クリクリしちゃ……はぁ、ああん！」

今日一番の鋭い反応を見せ、身体を小刻みに痙攣(けいれん)させた。

それは媚膜も同じであり、トロトロの牝肉が若竿をギュッと食い締める。そのまま腰を跳ねるように動かしてきた。

「うあっ、ま、待ってくださいっ。出ちゃう、出ちゃいますっ」

「ダメっ、無理ぃ！　ああっ、止まらないですぅ……あ、ああん！」

亀頭と子宮口とが激しくぶつかり強く擦れる。

結合部のぬめりと蜜乳の柔らかさ、真梨子の甘い香りと嬌声、そして法悦に溺れる表情。

筆下ろしの悠一が耐えられるはずがなかった。

「ううっ、出ます……！　ごめんなさいっ、ぐぅっ！」

本能が腰を突き出させ、鈴口を子宮口に密着させる。

瞬間、おびただしい量の白濁液が暴発した。猛烈な勢いで真梨子の膣奥を染めていく。

「あ、ああっ、出てるっ……熱いのがいっぱい……ひぃっ……いいいいん！」

狭い室内に牝の歓喜が反響する。

真梨子の背中が反り返り、ビクビクビクッと痙攣した。白い身体が鳥肌に包まれる。

真梨子の牝鳴きが止んだ。というよりは、声も出せなくなっている。ただお互いに性器を力いっぱいに押し付け合うだけだ。

（こ、これがセックス……オナニーなんかと全然違う……こんなの知っちゃったら、もう……）

盛大な吐精の余韻に浸りつつ、悠一の牡欲はまだ沸騰を続けていた。

4

青年の精子を浴びせられ、真梨子の脳内は淫らな幸福に包まれていた。

（保育園の先生として……しかも副園長という立場なのに……園児の家族とエッチしてしまった……それどころか、避妊もせずに中出しだなんて……）

園児の保護者やその家族とプライベートな付き合いをするのは倫理に関わる。肉体関係などもってのほかだ。今、自分は絶対的なタブーを犯している。

(でも……仕方がないじゃない。私だってまだ女でいたいの……そして、私を女として見て求めてくれたのが笠間さんだっただけ……仕方がないのよ)

真梨子の悠一への感情は、強いて言えば倒錯的な母性だった。

大学生という年齢にも関わらず、他界した両親に変わってしっかりと妹を思い保護しようとする彼が微笑ましかった。

そして、いつしか彼を自分が労ってあげたいと思うようになっていた。

(口に出したり、素振りすら見せないけど、笠間さんだって辛いはず。だからこれは快楽のためじゃないの。毎日頑張っている笠間さんへのご褒美……癒やしなんだから)

快楽に溺れかける自分を、そうやってなんとか引き上げた。

だが、悠一との情交は自分が想像していたよりも鮮烈だ。理性を保つのもやっとである。

「はぁ、ぁ……あぁ……真梨子さん……」

悠一が肩で息をしながらこちらを見る。

果てた身体に青年の視線は刺激的で、じわりと熱いものが胸中に広がった。

「ふふっ……いっぱい出しましたね。私とのセックス、そんなに良かったですか？」

真梨子の問いに彼はコクコクと頷いた。

そして一度瞼（まぶた）を閉じてから、血走った瞳を向けてくる。

反射的にドキリとした。牝の本能が瞳の意味を悟ってしまう。

「か、笠間さん……っ？」

「良すぎです……あんまりにも良すぎます。僕は一回だけなんて……っ」

そう言った刹那（せつな）、いまだ硬さを失っていない肉棒に強烈に膣奥を穿（うが）たれた。

「ひぐぅっ！」

不意の突き上げに総身が跳ね上がる。視界に星が舞った気がした。

「ま、待って……待ってくださいっ。今は……あ、ああ！」

真梨子は静止を訴えるも、悠一には届かない。

そのまま連続して肉杭を打ち込まれる。淫液にまみれた蜜壺がグチャグチャと音を響かせた。

（ああっ、私、貪（むさぼ）られてるっ。してあげるなんて言ったけど、これじゃまるで犯されてるみたい……っ）

嫌だとか不快な気持ちはまったく無かった。むしろ、牝として歓喜すら覚えてしまう。

悠一が腰をしっかり摑んで離そうとしない。ぶれないように固定して、的確に膣奥を抉ってくる。

(お腹の奥までズンズンされて……ああっ、気持ちいい。こんなに求められるの久しぶり……っ)

セックス自体が久しい真梨子に、青年の本能はあまりにも甘美だった。

もはや静止を求める気力すらなく、求められるままに嬌声を響かせるしかできない。

「真梨子さんっ。ああっ……もっと真梨子さんが欲しいですっ」

悠一はそう叫ぶと、身体を起こして対面座位の姿勢になる。

眼下には深々と自らに突き刺さる剛直があった。それが休むことなくピストンを繰り返してくる。

(なんていやらしいの……っ。私も笠間さんもドロドロになって……はぁっ、エッチな匂いがすごいっ)

愛液と精液、お互いの汗が混じり合い、濃厚な淫臭が漂っていた。

結合部どころか、その周りまでひどいくらいに濡れている。あまりにもあさましくて刺激的な光景だった。

「ああっ、気持ちいいですっ。気持ち良すぎて……腰が止まらないですっ」

悠一が叫ぶように快楽を訴える。髪を汗で濡らして必死に腰を振る様が、真梨子の母性と淫性を刺激した。

（私相手に一生懸命になってくれて……嬉しいっ。もっと求めて欲しい。いっぱい突いて、グリグリして欲しいっ）

気づくと真梨子の方からも腰を振っていた。性器同士がしっかり密着し合えるように、ググッと股間を押し付ける。

硬い勃起が子宮口と強烈に擦れて、官能を炸裂させた。沸騰する牝欲に肉体を任せてしまう。

「ああっ、笠間さんっ。もっと……ねぇ、もっとグチュグチュにしてっ」

たまらなくなった真梨子は悠一に抱き付いた。

腕を回してしがみつく。汗に濡れた背中が官能を沸騰させて、真梨子をさらに昂(たか)ぶらせる。

（もう止まらない……止まれない……っ。理性とか倫理だとか、そんなのもうどうだっていい！）

串刺しにされた牝膜を必死に前後左右に揺すり続ける。若竿の硬さと喜悦を求めて、やがては円を描くようにくねらせた。

「ううっ……真梨子さんっ、その動きいやらし過ぎます。ああっ」

「笠間さんが……笠間さんのおち×ちんがすごいからっ。ああっ、奥が潰れるの気持ちいいのっ。もうダメなのぉ！」

恥も外聞も忘れて快楽を渇望する。

白い身体は汗に濡れ、濃厚な発情臭を全身から撒き散らす。

（イくっ……ああっ、またイくぅ……！）

蜜乳を潰す勢いでしがみつきながら、快楽の頂点へと達してしまう。

視界と思考が真っ白になり、喜悦のみしか感じない。

だが、真梨子の腰は止まらなかった。

「ああっ、あああん！　イったのにぃ……はぁ、ぁ……止まらないですっ。おち×ちん欲しいの止まらないですぅ！」

体力はとっくに尽きかけていた。にもかかわらず、本能がさらなる悦楽を求めてしまう。

「ああっ、真梨子さんっ。真梨子さん！」

悠一が腰を摑んで引き寄せるとともに、ズドンと肉棒を打ち上げた。

「ひっ……！」

あまりの刺激に目を見開く。一瞬、呼吸が止まってしまった。

悠一はウエストをしっかり抱くと、同じ勢いで剛直を繰り出してきた。

気遣いや優しさは微塵もない。獰猛な獣として真梨子を襲う。

（ああっ、ダメっ、こんなのダメっ。おかしくなっちゃうっ、狂っちゃうぅ！）

真梨子の人生でここまで激しく求められたことなどない。未知の愉悦はもはや暴力だった。

「僕も止まらないんですっ。このまま出しますからっ。出すまでずっとこのまま続けますからねっ」

汗を滴らせながら叫ぶ悠一に、真梨子はもう返事が出来ない。

叩きつけられる激悦に牝鳴きを響かせて、狂ったように頭を振り乱す。

濡れた黒髪が顔や背中に貼り付くことも、喘ぎ叫ぶ唇から涎がこぼれ落ちるのもどうでもいい。荒々しい快楽にただただ流されるだけだった。

（ああっ、もう何がなんだかわからないっ。イってもイってもまたイっちゃう！）

極めて短い間隔で絶頂が繰り返された。喜悦が段階的に強烈さを増し、真梨子の身体と意識を貫いてくる。もうどうすることもできなかった。

「くっ……ううっ。もう出ます……ああっ、またイくっ」

食いしばるように悠一が言うと、勃起の硬さと体積が増した気がした。

真梨子の本能が残り少ない体力を振り絞らせる。背中に強く爪を立て、子宮口をグリッと押し付ける。

(出してっ。私の一番奥にっ。子宮に注いでっ。笠間さんで中をいっぱいにしてえ！)

バチュン、と一際大きな打擲音が響いた瞬間、蜜壺の奥が破裂した。

瀑流のごとく白濁液が子宮口に浴びせられる。

「うぎぃ！　あ、ああっ！　あぐぅ、うううん！」

断末魔のような叫びとともに、真梨子の喜悦が盛大に弾けた。思考も意識も木っ端微塵に砕け散る。

(なにこれ……こんなの知ったら……もう普通じゃいられない。何度も……欲しくなっちゃう……っ)

腕と脚とで力いっぱい悠一にしがみつき、全身を硬直させる。痙攣はしばらく収まってくれなかった。

蜜壺の中で射精を経た肉棒が何度も力強く脈動していた。若い肉杭は今も媚膜を押し広げている。

「はぁっ、はぁ、ぁ……真梨子さん……僕、興奮に任せて好き勝手に……んぐっ」

息を切らした悠一に再び唇を重ねてしまう。

粘膜という粘膜で彼と繋がっていたかった。

（笠間さん、素敵です……。飽きるまででいいから……私といっぱい繋がってください……）

真梨子が抱く感情は、もはや母性を超越していた。

第二章　セレブママの貪欲快楽

1

土曜日の昼前、悠一は保育園に来ていた。

半年に一度行われる保護者会のためだ。

今日は園が休みのなので、莉乃葉は自宅にいる。今頃は録り溜めたアニメ番組を祖母と一緒に見ているであろう。

（やっぱり僕、明らかに浮いてるよな……）

教室内に並べられたパイプ椅子には、自分よりも明らかに年上の人々が座っている。

その中の何人かが訝しげに見てくる視線が痛い。

（まぁ仕方がないけれどさ。普通は大学生が来るようなもんじゃないんだから……）

そんなことを考えていると、活動報告をする瑠奈までもがこちらに視線を向けてくる。

（一ノ瀬先生……ああ、今日もめちゃくちゃキレイだなぁ……）

鈴の転がるような声で報告を続ける彼女に見とれてしまう。

黒い髪は今日も艶やかで、白い肌は透き通るように美しい。悠一には相変わらず光り輝いているように見えた。

（でも……僕は副園長先生と……真梨子さんと身体の関係になってしまった。昨日だって夜遅くまで何度も……）

真梨子とはその後、高い頻度（ひんど）で身体を重ねてしまっている。

彼女は抱くたびに喘ぎ乱れて、都度激しく求めてきた。若さでなんとかカバーしてはいるものの、身体への負担は大きい。

（ああ、眠い……昨晩の疲れが抜けないや。なのに、どうして真梨子さんは今日もあんなに元気なんだろう……）

保育園に到着してから、保護者たちに挨拶する真梨子がいた。

昨夜、放心状態になるまで喜悦を貪っていたというのに、疲れなどは微塵も感じさせない立ち振舞だった。

さらには悠一に気がつくと、意味深に微笑んで熱っぽい視線を向けてきた。情欲を求めるときのものだった。

(いったい、彼女の体力はどこからやってくるのだろう……)

もしかしたら、このあとに誘われてしまうかもしれない。期待と不安が悠一の中で渦巻いた。

「以上がご報告になります。何かご質問はありますか?」

瑠奈の声が響いてハッとした。

自分は何を考えているのだろう。想い人である瑠奈の前で、あまりにもふしだらかつ罪深いではないか。

悠一は急にいたたまれなくなり、瑠奈から逃れるように俯(うつむ)いた。

「……ちょっといいかしら?」

保護者の中から声が上がる。

ふくよかな中年女性が挙手をして、ゆっくりと立ち上がった。

「一ノ瀬先生にどうしても言いたいことがあります。どうして先生はうちの子を蔑(ないがし)ろにするのかしら」

「……え?」

教室内がザワリとした。嫌な緊張感が周囲に生まれる。

「子供が言っています。一ノ瀬先生が他の子ばかり見て、自分にあまり関心を向けてくれないって。子供ごとに接し方に差をつけるなんて、保育園の先生としてどうなのかしら？」

「そ、そんなことは……」

「いいえ。子供がそう思うのならそうなんです。うちの子を傷つけて……ここで誠心誠意謝罪して、以後、しっかりと関心を向けると約束してもらわないといけません」

「それは……その……」

瑠奈はあからさまに狼狽した。さらには怯えた表情まで浮かべている。

(なんだこいつ。よくも一ノ瀬先生を……っ)

ふつふつと怒りがこみ上げた。瑠奈がどれだけ園児のことを思って頑張っているのか知らないというのか。

何か言ってやろうと思った。ガキ扱いされてしまうかもしれないが、瑠奈を貶めることだけは許せない。

悠一は顔を上げ、怒気を孕んだ目で彼女を見る。握りこぶしを作って立ち上がろうとした。

その時だった。

「あの……よろしいでしょうか」

少し離れたところで声が上がる。

清水を思わせるような美しくて上品な声だ。誰かと思って視線を向ける。

(あれは……萌香ちゃんのお母さんだ)

先日、園門で柔らかく微笑んでいた女性である。

彼女は今日も派手すぎず地味すぎずの気品を感じさせる出で立ちだった。少しほんわかした印象もあり、優しくてきれいなお母さんを地でいっている。

現に周囲の父親たちの何人かは、彼女を見るや一瞬で見惚れているほどだ。

「き、絹川さん……どうぞ」

瑠奈が怯えた声を震わせて、彼女の名前を口にする。

女性はニコリとするとすぐに立ち上がって、文句を言う女性の方を向く。

「失礼ですけれど、それはあなたの勘違いだと思いますよ」

「な、なんですって……っ」

「というよりも、考え方が間違っているのです。こういう保育園で先生方が常に注視しているのは、何かしら問題のある子どもだけです。例えば、私の娘だって特に一ノ瀬先生と毎日特別なやり取りなどしていませんよ。いつもお話ししてくるのは、友達の……特に笠間莉乃葉ちゃんとのお話くらいです」

　突然、妹の名前を口にされてドキリとした。

　彼女は一瞬だけこちらを見る。柔らかい視線の中に、凛(りん)とした何かを感じた。

「だから、こう考えてはいかがでしょうか。自分のお子さんは手のかからない優秀な子であると。私はあなたのお子さんのことも娘からたまに聞きますが、とても良くして頂いているみたいですよ。男の子は女の子にちょっかいを出すものですが、それも無いようですし。とても素晴らしいじゃないですか」

　言い方は優しく敵意などは感じないが、有無を言わさぬ迫力めいたものも感じられた。

　事実、言われた母親は気圧(けお)されている。最終的には「そうですか」とだけ言うと、視線を逸らして力なく腰を下ろした。

「……以上です。先生もみなさんも、突然すみませんでした」

　彼女は穏やかに言うと、周りに会釈をして着席した。

　教室は静かになるが、もはや嫌な緊張感は漂っていない。

「あ、ありがとうございました。そ、そうですね。私ももっと精進しなきゃいけないですよね。みなさん、ありがとうございます。えっと……他にどなたかご質問などはありますか？」

瑠奈は少し慌ててぎこちなく言う。

他に挙手する者はいなかった。

（……ん？）

ふと、視線を感じて顔を向ける。

萌香の母親がこちらを見ていた。

優しく穏やかな微笑みに、思わずドキリとしてしまう。

（な、なんだろう……僕、彼女に何かしたっけ……？）

美人に見つめられることに慣れていないので、たまらず挙動不審になってしまう。

その後も彼女はチラチラとこちらに視線を向けてきて、保護者会が終わるまで悠一の心境は落ち着かなかった。

「笠間さんですよね。こんにちは」

保護者会が終わって皆が席を離れ始めると、件（くだん）の美女が傍らへとやってきた。

「は、はい……」

思わず声が上ずってしまう。同時に、ふわりと漂う芳香に意識がくらりとしてしまった。

（ああ、本当にきれいな人だな……まさに上品な人って感じだ……）

白い肌は美しく、まるで輝いているかのようである。ダークブラウンの髪はゆるふわウェーブで肩より少し長いくらい。醸し出される香りと相まって、その外見と雰囲気は裕福な女性であることを想像させた。

「いつも萌香がお世話になって、ありがとうございます。母親の絹川美咲と申します」

「い、いや。こちらこそ仲良くしていただいて申し訳ないくらいです。あ、僕は笠間悠一です」

社交辞令的な挨拶の中、悠一の意識はすっかり彼女に向けられていた。

（こんなにきれいで品のある女性を奥さんにできるなんて……羨ましいなぁ）

瑠奈とはまったくタイプは異なるが、男を魅了するには十分すぎる。こんな女性を「自分の女」にできたとしたら、きっと毎日が煌めいて見えるのだろう。

「いつも莉乃葉ちゃんを送っていますよね。若いのにすごいなぁって思ってたんですよ」

「あはは……僕はそのくらいしかできないですから……」

謙遜(けんそん)するが、褒められて悪い気はしない。彼女のような美しい女性からなら、なおさらだった。

（待て待て。僕は一ノ瀬先生が好きなんだぞ。いくらこの人が魅力的だからって、鼻の下を伸ばすなんてことは……）

自らの節操のなさを叱咤(しった)した。

ただでさえ真梨子とふしだらな関係に至っているのだ。これ以上、他の女性にうつつを抜かすことなどあってはならない。

「ねぇ、笠間さん」

ふいに彼女が名前を呼んだ。

頭を軽く傾(かたむ)けて見つめてくる。少女のような仕草にドキリとした。

「は、はい。なんでしょう」

「このあと時間はありますか？　ちょっと……お話がしたいんです」

予想外の言葉に目が点になる。何を言われたのかすぐには理解できなかった。

（話？　僕と？　いったいどういう理由でだ？）

突然のことに、まったくわけがわからない。

すると、悠一の様子がおかしかったのか、美女はふふっと小さく笑う。

「ちょっとした世間話ですよ。子供が仲良し同士ですからね。保護者同士も交流しましょう？」

そう言われては断るわけにもいかない。誘われて悪い気はしないし、むしろ嬉しいと思ってしまう。

（これはあくまでも保護者の交流なんだ。決してやましい気持ちがあるわけじゃ……）

教室の入り口に立っている瑠奈を見る。

彼女は他の保護者数人と恐縮した様子で談笑していた。こちらに気づく雰囲気はない。

（恋人でもなんでもないけど、怪しまれたくはないからな……）

少しモヤモヤするが、あまり彼女を待たせるわけにもいかない。

悠一はコクリと頷いた。

「ふふっ。それじゃ一緒に行きましょう。若い子とのデートなんて初めてだわ」

「で、デートっ？」

「ほら、ついてきてください。案内しますからね」

悠一の困惑を笑顔で封じ、美咲がにこやかな表情で教室を出ていこうとする。

(大丈夫かな……なんかマズい予感がする……)

美咲の後に続きながら、悠一は一抹(いちまつ)の不安を抱いていた。

2

「そう。ご両親がね……変なこと聞いてごめんなさい」

「い、いえっ。仕方がないことですし、僕は僕で今の生活を割と気に入ってますから」

悠一は慌てて言ってから、自分たちの周囲を見渡した。テーブルや椅子、食器に内装。すべてが悠一の生活レベルとかけ離れている。

(お茶でもしながらっていうから、ファミレスとかかなって思ったら……こんな高級なところだなんて……っ)

美咲が案内したのは、街を一望できる高台にある外資系の高級ホテルだった。

街に住んでいる者ならば、誰でも知っているところだが、そのほとんどは利用したことすらない場所だ。

（絶対に僕なんかが来ていい場所じゃないんだけどな……）

一方で美咲の様子は実に飄々として、さも当たり前といった感じである。

おそらく、頻繁にここを利用しているのだろう。

道中の車内で聞いたところによると、美咲の夫はこの地域では名の知れた企業グループの経営者だという。当然、悠一も存在は知っていたので、心底驚いてしまった。

さらには、彼女自身も化粧品関連の通販会社を経営しているらしい。

（そもそも乗っている車からして違ったもんな……絹川さん、ちょっとお金持ちってレベルじゃないぞ、これ……）

美咲に促されて乗った車は、翼を左右に広げたエンブレムが光る本当の高級車だった。走り方も座り心地も何もかもが未知のレベルである。

「でも……そのぶん、莉乃葉ちゃんに愛情を注いでいるんですね。娘からよく聞くんですよ。莉乃葉ちゃんはお兄さんが大好きなんだよ、って」

穏やかに言う美咲と目があった。優しく慈愛の籠もった瞳を向けられて、急に恥ずかしさがこみ上げる。

「そんな……小さい今のうちだけですよ。そのうち邪険に扱われます」

「うふふ。それでも、今そう思われているのは事実なんですから。とても素晴らしいことだと思います」

テーブルに置く左手の薬指には、ダイヤをあしらった指輪が光っていた。

彼女は母親であると同時に人妻なのだ。その事実に妙な背徳感を覚えてしまう。

（冷静に考えると、土曜日の昼下がりに人妻と二人きりって……世間の常識的に相当ヤバいのでは……）

今一度、周りに視線を向けてみる。

誰か自分たちを不審がって見ていないだろうか。万が一、自分を知っている人間がいたら大変なことである。

「……ふふっ。誰も私たちなんて気にしていないですよ。人って他人にはそんなに興味なんて持ちませんからね」

悠一の意図を察したのだろう。美咲が小さく笑って言ってきた。

「す、すみません……こうやって、その……女の人と二人きりってことに慣れていないもので……」

「あら。それじゃあ、一ノ瀬先生を自分の女にするのはもうちょっと先ですかね。早くしないと他の人に取られちゃいますよ？」

悠一は飲み物を吹き出しそうになった。

ゴクンと無理やり飲んでから、ゲホゲホと咳き込んでしまう。

（な、なんで一ノ瀬先生のことを……っ）

今までの話の中で、瑠奈の名前など出ていない。突然かつあまりにもストレートな言及に、悠一は混乱した。

そんな悠一を美咲はニコニコした顔で見つめている。穏やかな表情が怖かった。

「だって、見ればわかりますもの。笠間さんが一ノ瀬先生を好きだってくらいはね。それも、ちょっといいな、くらいじゃなくて本気で恋してる。そうですよね？　ん？」

テーブルに両腕をついて、前かがみになって聞いてくる。

あまりの圧（あつ）に観念した。この人には嘘がつけそうにない。

悠一は力なくコクリと頷く。

「ふふ。素敵な女性ですものね、一ノ瀬先生は。笠間さんが惚れちゃうのも当たり前ですよ」

美咲はどこか満足そうに言う。

しかし、すぐに悠一から視線を逸らすと、少し表情を曇らせた。

「ただ、一ノ瀬先生、保育園の先生として頑張っているのはわかるんだけど……」

「……なんですか？」

悠一が尋ねると、美咲は「悪口じゃない」と前置きをしてから、核心部分に触れ始める。

「なんていうか……頼りないんですよね。自分に自信を持っていないというか、殻に閉じこもっている感じがして……」

美咲の言わんとしていることに、悠一も心当たりがあった。

瑠奈は優しくて、一見するとまさしく理想の保育士であるが、理想と現実は異なるものだ。

現実的に考えれば、彼女は確かに頼りない。肝が据わっていないというのだろうか。どこか危なげな印象なのだ。

「まだ若いからってのもわかるんですが、子供を預かる仕事をしている以上は、ブラフでも毅然とした態度も見せてくれないとね……」

そう言って美咲はカップに口をつける。

悠一は何も言わなかった。というよりは、何も言えなかった。

（一ノ瀬先生には頑張ってほしいけど、あまり無理もして欲しくない。先生に幸せだと思える状態でいて欲しいんだけどな……）

チラリと美咲が視線を向けてくる。

続けて、意味深に笑いかけてきた。

「ふふっ……そういうときはね、僕が支えてあげるんだって奮い立たなきゃダメですよ」

「えっ」

「年下だろうが学生だろうが関係なく、自分を好いてくれる男の子が自分のためにいろいろ考えて行動してくれるのは、女にとってとても嬉しくて幸せなことなんです。それだけで頑張れちゃうものなんだから」

いったい、美咲は何者なのだろう。なぜ、こんなにも自分の内心を見透かしてくるのか。

（僕ってそんなにわかりやすい人間なのかな……）

「ええ、笠間さんはとってもわかりやすい人ですよ」

「ひっ」

間髪入れずに返答されて、自然と小さく悲鳴を上げた。

美咲は楽しそうにうふふと笑うが、悠一からすればたまったものではない。

（この人怖い……早く退散したほうが身のためかも）

「ごめんなさい。ちょっと遊びすぎちゃいましたね。気を悪くされました？」

「いえ、そんなことはないですけど……」

美咲が少し崩れた髪をかき分ける。ふわりと甘くて上品な香りが漂ってきた。

秋の柔らかな日差しに照らされた美咲の姿は、美しいの一言だった。まるで女性誌に掲載されているモデルを思わせる。

(絹川さんのきれいさには、女の人もため息を漏らしちゃうだろうな……)

悠一がそんなことを考えていると、美咲が少し前かがみになってくる。

白い鎖骨が剝き出しになり、思わず視線を向けてしまった。

「……お詫びにいいことしてあげましょうか？」

その言い方にゾクリとした。今までとは明らかに違う声色は、大人の女だけが発することのできる艶やかなものだ。

「え……うわっ」

キョトンとしていた悠一に、予想だにしない刺激が襲い来る。

股間に甘やかな愉悦がこみ上げた。美咲の足先が、テーブルの下で逸物をくすぐってくるではないか。

「ちょ、ちょっと、絹川さん……っ」

「騒がないで。声を出したらさすがにバレちゃいますよ……？」

美咲は表情一つ変えていない。柔らかい笑みを浮かべつつ、じっと悠一を見つめている。

一方でつま先はしっかりと脚の間を弄ってきた。

美女からそんなことをされてしまえば、反応しないはずがない。

全身の血液が股間へと集中し、むくむくとテントを形成してしまう。

（マズい……このままじゃ完全に勃起してしまうっ）

頭では鎮まらなければと考えるも、童貞を卒業したばかりの青年に性欲を制御するだけの自制心などない。

現実は残酷だった。ペニスは完全な勃起と化してしまう。力強い脈動は、悠一自身をあざ笑うかのようだった。

「ふふっ……よくわかりますよ。とっても硬くて……大きい……」

美咲の呟きには熱い吐息が混じっていた。薄い化粧を施した頬には、ほんのりと赤みが差している。左右できれいな対称を描く双眸が、妖しく濡れ光っていた。

「絹川さん、本当にこれは……ぐぅっ」

声を震わせた悠一を、美咲の脚がぐぐっと押してくる。圧迫はすぐさま愉悦に変わり、たまらず悠一は上半身を大きく前屈みにしてしまった。

「絹川、なんて呼ばないでください……今から私のことは美咲と呼んで。ほら、言い直してください」

「うう……美咲さん、止めてください……」

「ふふっ……イヤです」

そう言って足の裏を上下に滑らせてくる。

着衣越しだというのに、たまらないほどの悦楽だった。最大限になった肉棒は本能的に歓喜して、跳ね上がるとともにカウパー腺液を漏らしてしまう。

(美咲さん、なんで……まったくそんな素振りや雰囲気すらもなかったのに)

やはり恐ろしい女性だったのだ。美しくて上品な姿は仮面であって、彼女の本性は性経験に乏しい年下の男を弄ぶ痴女ということか。

「はぁ、ぁ……ものすごいビクビクしてますね。もしかして、もう出ちゃいます？」

美咲がねっとりとした視線を絡みつかせて尋ねてくる。

彼女も完全に発情していた。頬の赤みは増していて、漏れる吐息も乱れが顕著だ。

それでも足での擦過は続けられている。根本から先端へとグッグッと押し上げられるのは、一種の嗜虐性を伴っていた。

（ああ、ヤバい……ヤバいよ。このままだと出る……こんなところで射精してしまう……）

他人に気づかれていないとはいえ、公衆の場での射精など許されるはずがない。

悠一はキュッと唇を引き締めた。両手に拳を作って、絶頂を必死で耐える。

「我慢してるんですか……うふふ、かわいい……」

微笑みをさらに妖しいものにして、美咲が亀頭付近だけを攻めてくる。

溢れ出た先走り汁がクチクチと捏ねられているのがわかった。ぬめった状態で強く擦られては、もはやどうすることもできない。

（ううっ……ダメだ。もう出る……このまま射精させられる……っ）

肉棒が限界を迎えて大きく震える。あと二、三回擦り付けられれば間違いなく射精する……。

そんなギリギリのところで、美咲の足が離れてしまった。

「え……」

悠一が腑抜けた声を漏らして美咲を見る。

彼女はさも楽しそうにニコニコしていた。もっとも淫猥な雰囲気はもはや隠してはいない。

「……もっと気持ちよくなりたいですか？」

生殺しの状態での質問は、あまりにも意地が悪い。

だが、かろうじて残った理性が首肯するのをためらわせる。

（一ノ瀬先生を想ってるくせに、真梨子さんだけでなく美咲さんとまでエロいことをしたら……もう人として失格だろ……）

良心と本能とがせめぎ合い、悠一を困惑させる。

そこに美咲がそっと顔を近づけてくる。ルージュで煌めく唇が耳元に添えられた。

「私は笠間さんと……悠一さんともっとしたいですよ。ここじゃ出来ないことをいろいろと……ね」

甘くて強烈な誘惑に、本能が理性を押しのける。

もう限界だった。理由はわからないが、自分を求めている以上、拒否できるわけがない。しかも相手は気品と淫靡さとを併せ持つ美女である。

「美咲……さん……」

至近距離で視線が合う。

それだけで十分答えになった。

「……行きましょうか」

美咲の目は情欲で濡れている。その澄んだ瞳の奥にどれだけの淫性を秘めているのか。

悠一は牡欲を沸騰させながら、美咲とともに席を立った。

3

広く立派なリビングに下品な水音が響いていた。

見た目も座り心地も高級そのもののソファーに悠一は腰を下ろしている。

もっとも、ただ座っているだけではない。下半身は何も身につけてはいなかった。

「はぁ、ぁ……本当に立派……。いつまでもしゃぶっていたくなっちゃう……」

脚の間で跪（ひざまず）く美咲は片時も肉棒から離れようとしない。蕩けたピンクの舌を絡ませては、亀頭はもちろん、肉幹や陰嚢（いんのう）までをも何度も飲み込む。

「あ、ああっ……ダメですっ。あんまりされたらもう……ううっ」

「んはぁ、っ……ダメですよ。まだ我慢してください……んふっ……」

口の回りはもちろんのこと、両手までをも唾液（だえき）に濡らして、なおも美咲は肉棒を貪り続ける。

必死で吐精を堪える分身は、ビクビクと何度も脈打って、その度にカウパー腺液をちびり出す。それを美咲は芳醇な蜜と錯覚したかのように、うっとりとした顔で舐めとっては嚥下していた。

（これ以上は我慢なんて無理だよ……車の中でも弄られて、もう破裂しそうなんだから……っ）

道中の車内では、赤信号で止まるたびに美咲からねっとりと撫でられていた。

ただ撫でられるだけでなく、硬さを確かめるように強弱交えて指で押された。

（イきそうになる度に手を離されて、少し落ち着くとまた弄って……）

そして緑豊かな郊外にある美咲の自宅に着くや否や、ソファーに押し倒されてから下半身を露出させられ、間髪入れずのフェラチオだ。

もはやその強引さと手際の良さは、痴女と表現するより他にない。

「あぁ……悠一さんのおち×ちん、とっても味が濃くて素敵です……この味、とっても好きぃ……」

美咲はそう言うと、根本から先端までを大胆に舐めあげる。亀頭を吸いつつ肉幹を扱いて、牡の淫液を絞り出していた。

（は、早く出させてくれっ。このままじゃ狂ってしまう……思い切り射精をさせてくれ……！）

暑くもないのに額はじっとりと汗に濡れていた。傍らにあったクッションを思い切り握りしめ、ついには腰がカクカクと動き出してしまった。

「まぁ、悠一さんったら……本当にエッチな男の子なんだから」

呆れと慈しみを綯交ぜにして、美咲が卑猥に染まった瞳で見上げてくる。

その視線だけで気を抜くと暴発しかねない。

「仕方ないですね……始めたのは私の方からですし……私も本当は我慢が限界なんです」

美咲はゆっくりと立ち上がると、艶然とした微笑みで見下ろしてくる。

「イっていいですよ。ただし、イくなら……」

そう呟いてから、ゆっくりと服を脱ぎ始める。

ツルツルとした生地のクリーム色のブラウスを剝ぎ取って、モスグリーンのフレアスカートを脱ぎ下ろす。

下着は黒地に白糸で細かい刺繡が入っている。肝心なところ以外はレースになっていて、白い肌が透けていた。そんな美咲に息を飲む。

（美咲さんの身体、なんてきれいなんだ……）

細身の身体は柔らかく引き締まっている。ウエストはくびれていて、腰に向かってまろやかに広がっていた。

肌は白くて肌理が細かい。すべすべしているのが見るだけでもわかり、すごく柔らかそうだ。

（とても子供を生んだ人の身体だとは思えない……本当にすごいや……）

あまりの光景に呆然とする。

一方で勃起はさらに血気盛んになり、跳ね上がりは痛いくらいに激しくなった。

「そんなにおち×ちん元気にさせて……私なんてもうおばさんなのに……」

頬を朱に染めた美咲がそんなことを言ってくる。

「そんな……めちゃくちゃきれいで……その、とってもエッチです……」

「ありがとうございます。なんか、言わせたような形になっちゃいましたね」

そう言って小さく笑う。

だが、彼女は熱い吐息を一つだけ漏らすと、再び淫靡な雰囲気を醸し出す。

「もっと見てください。私の身体、全部悠一さんに晒しちゃいますね……」

細い腕が後ろに回ってブラジャーのホックを外す。

なめらかな肩をストラップが滑り落ち、続けてブラジャーそのものが足元へと落下した。

「ああっ……美咲さんのおっぱい……っ」

現れた乳房に思わず声を上げてしまう。双乳は美しいの一言に尽きる代物だった。左右それぞれは手で包み込めるくらいのサイズだが、等しく美麗な釣鐘型を描いている。頂点で実る乳頭は経産婦ゆえか少し大きめで、それがかえっていやらしい。きれいな真円を描く乳暈は五百円玉くらいの大きさで、若干盛り上がっていた。

（すごいよ……美咲さん、ただでさえきれいなのに、おっぱいまでこんなにきれいだなんて……）

瞬きも忘れて見入ってしまった。真梨子の乳房とは異なる魅力に、本能の昂ぶりが止まらない。

「まだですよ……ここも、見てもらいたいんです……はぁ、ぁ……」

美咲の指が腰から滑ってパンツに潜る。

そのままゆっくりと脱ぎ降ろされた。豊かに広がる骨盤と白い太もも、そして股間のデルタが露わになる。

（うわっ……もうアソコの毛まで濡れてるじゃないか……っ）

少ない面積で滲むように広がる翳りは、卑猥な女蜜にまみれていた。ふっくらとした恥丘に貼り付く様は、淫らなことこの上ない。

「あ、ぁ……ココも見てください。悠一さんのおち×ちんを弄って……はぁ、ぁ……もうこんなになっちゃったんですよぉ……」

美咲がゆっくりと脚を開いて、股間をクッと突き出した。それだけでなく、自らの手で秘園を開いてくる。

「ああっ……ど、ドロドロです……はぁ、あっ」

淫華は美咲のイメージ通りに小ぶりなものだ。肉羽は薄くて色も淡い。

だが、露出した媚膜は興奮を訴えるようにクチュクチュと音を響かせて収縮している。淫液がとめどなく溢れ出て、大きな雫となってゆっくりと垂れ落ちた。

あまりにも淫猥な光景に悠一は目眩(めまい)を覚えてしまう。

「もう言わなくてもわかりますよね……私ね、本当はとってもいやらしい女なんです……毎日毎日自分で弄っては一人で気持ちよくなっちゃって……でも、もう一人でなんて嫌なんです……っ」

悠一の頭の両脇に美咲がそっと手を置いた。

生まれたままの姿となった淫母が悠一の腰を跨いでくる。

「母親でもね……私は女なんですよ。心だけじゃない。身体も愛して欲しくて……お願いです、私を……いっぱい愛してもらえませんか？」

興奮に息を荒くしつつも、その表情はあまりにも切なくて悲壮的だった。いったい、彼女がどうしてこんな顔をするのだろう。

(断れるわけがないじゃないか。こんな必死に求められたら……もう我慢なんて無理だっ)

悠一は一回だけ力強く頷いた。

瞬間、美咲が破顔する。

「ああっ、悠一さん……あ、あああっ！」

亀頭が蜜口に滑り込む。続けてズプズプと肉幹が飲み込まれ、彼女の秘壺を満たしてしまう。

(うぐっ……締め付けが強い……っ。これ、ヤバい……っ)

さんざん焦らされたあとで襲い来た膣悦に、骨の髄から戦慄いた。喜悦はあまりにも強烈だ。

「あ、ああっ……奥まで押し広げられて……くぅ、っ……」

一方の美咲も激悦に見舞われているらしい。白い身体が硬直しながらビクビクと震えている。おとがいを天井へと向けて、晒した首にはしなやかな筋が浮かび上がっていた。

（もしかして……美咲さん、イっちゃったのか……？）

真梨子との逢瀬で、女性が果てる時の特徴を多少は理解出来ていた。

それが挿入しただけで現れている。悠一は信じられない思いで美咲を見つめていた。

「あ、あぁ……悠一さんのおち×ちん、ダメぇ……入れただけなのに……はぁ、ぁ……」

美咲の声は震えていた。柔らかい白肌からしっとりと汗が滲み出している。

（やっぱりイったんだ……ただエッチなだけでなく、こんな簡単にイっちゃうなんて……っ）

美咲の卑猥さに煩悩が沸騰する。射精欲求の箍が弾け飛び、ドクンと下腹部で鈍い爆発を感じた。

「あ、ああっ……美咲さんっ、ごめんなさいっ。もう僕も……ううっ！」

豊腰を両手で摑み、本能の赴くままに突き上げる。

雁首が膣奥をグリッと抉った。美咲の裸体が大きく弾み、双眸を大きく見開いてくる。

「いいですよっ、悠一さんもイっちゃって。ああっ、私で思い切りイってぇ！」

美咲が必死に腰を振り乱してくる。子宮口を擦り付け、溢れ出る淫液を掻き混ぜた。

苛烈な牝の懇願に、肉棒はあっけなく限界を迎えてしまう。

「ああっ、出るっ……出るっ！」

膣奥を押しつぶす勢いで亀頭をめり込ませた刹那、大量の白濁液を噴射した。

蜜膜が瞬時に反応して、きゅうっと勃起を圧迫してくる。

「ふぅ、んっ……出てるのわかりますよっ。ああっ、熱いの……熱いのが来て……はあ、ぁっ、ダメっ……また私も……あ、あぅんっ！」

美咲が悠一に力いっぱい抱きついて、乳丘を顔に押し付ける。

深々と繋がりながら、互いに身体を跳ね上げた。

悠一の射精は終わらない。何度も勃起は脈動しながら、灼熱の牡液を浴びせ続ける。

（気持ちよすぎる……人妻さんと……莉乃葉の友達のお母さんとしてしまった……おまけに中出しまでしただなんて……）

背徳感にまみれた愉悦に、悠一は自分が狂っていくのを感じてしまった。

胎内に溜まっていく若牡の衝動に、美咲の意識は痺れ続けていた。

妊娠の恐怖や不安などは意識の外に追いやられている。女として、牝として求められた証拠に、骨の髄まで歓喜が満ちる。

（ああっ、素敵……私はずっとこれが欲しかった……）

悠一が驚いたとおり、美咲の生活は裕福そのものだ。高級外車は数台あるし、この家だってお手伝いさんを雇って掃除してもらわないといけない広さである。

（でも、私が欲しかったのはお金や豊かさなんかじゃない……。女として愛されて、求められる生活が欲しかった……）

会社を経営している夫は、平日はもちろん土日もあまり家にはいない。本人は仕事が忙しいからと言っているが、その言葉が嘘にまみれていることくらいは知っていた。

（あの人は愛人を囲っている……それも、一人だけじゃなくて何人も……）

自分など「妻がいる」という世間体のためのお飾りなのだろう。それを糾弾したり考えることはもうやめた。美咲はすっかり諦めている。

だが、三十代も半ばになって、湧きあがる牝としての欲求だけはどうにもならなかった。

（そんな中で、悠一さんを見つけてしまった……いけないと思うのに、自分で自分を止められなかった……）

亡き両親の代わりに、歳の離れた妹を可愛がる姿に興味を持った。その興味はやがて母性じみたものへと変化して、ついには淫欲と直結してしまう。

（本当にごめんなさい……私は妻であり母親なのに……悠一さんが一ノ瀬先生が好きだとわかっているのに……ああ、私は本当に悪い女……）

自分の卑猥さと罪深さは、今のこの時は牝悦の糧でしかない。美咲は膣内射精の甘美さに酔い続けていた。

「はぁ、ぁ……す、すみません。中に出してしまって……」

おぼろげだった意識から回復した悠一が、しでかしてしまったことに慌て始めた。

自分から肉棒を抜こうとする。

（ダメ……そんなことさせない……っ）

美咲はググッと体重を乗せて彼の動きを封じてしまう。あふれ出た淫液がプチュッと卑猥な音を立てた。

「うぐっ。み、美咲さん……このままじゃ中に精子が」

「ふふっ、一番奥で思いっきり射精したあなたが言うの？　中出しした時点で、もう成す術なんてないんですよ」

美咲の言葉に悠一の表情が強張っていく。双眸には絶望が浮かんでいた。

（ちょっといじめすぎちゃったかしら。ごめんなさい……）

美咲は悠一を優しく抱きしめると、そっと唇を重ねていく。

半開きの唇からそっと舌を挿し込んで、子供をあやすような気持ちでくねらせた。

「んぐっ……美咲さん……」

「そんなこと考えなくていいんですよ……悠一さんは私に興奮してくれた。私は悠一さんに中出しをされたかった……それでいいじゃないですか」

美咲は妊娠しにくい体質だった。萌香だって度重なる不妊治療の末、ようやく授かった娘である。不妊治療をやめた今となっては、妊娠する可能性は限りなく低い。

(それに私、思ってしまった……中に出されるのがこんなにも幸せで満たされることなんだって……)

膣奥を火照らせる牡液に本能が燃えたぎる。秘めていた自らの卑猥さと悠一への倒錯的な執着が、もっと愉悦を欲しいと願っていた。

「うぐっ……美咲さん、イったばっかりですから……うあ、ぁ」

悠一が辛そうに顔をしかめて力なく顔を振る。

いつの間にか美咲の腰は揺れていた。ソファーのスプリングが軋む音に合わせて、グチュグチュと淫液が攪拌される音が響き渡る。

「だってぇ……私、もっと欲しいんです。それに……うふふ、悠一さんの、未だにガチガチのままじゃないですか」

若さゆえなのだろうか、悠一のペニスは今も剛直を維持している。

絶頂と膣内射精でトロトロになった媚粘膜が押しつぶされる感覚は、あまりにも甘い愉悦だった。いつまでも与えられたくて仕方がない。

「ほら、悠一さんももっと動いて。私を……もっと求めてください。好きなだけ腰振っていいんですよっ」

美咲はそう言うと、体重をかけて腰を振る。膣膜と勃起が絡みあい、抉られる感覚に白い肌が小刻みに震えてしまう。

（ああっ、すごい……こんなセックス久しぶり。一時も離れたくない……っ）

牝の本能に支配され、美咲は嬌声を響かせながら快楽を貪り続ける。

今、自分ははしたない姿を晒しているであろう。そう想像するだけで、骨の髄から喜悦で痺れた。

「ううっ……美咲さんのおっぱいが……ああっ」

悠一が汗ばんだ乳房をすくい取り、膨らみきった乳頭を口に含む。

蜜壺からとは異なる淫悦に、美咲は身体を跳ね上げた。

「ああんっ……もっと吸ってくださいっ。こんなおっぱいでいいのなら、好きなようにして……ああっ」

美咲の言葉を遮るように、悠一が乳芽を貪ってくる。舌を絡ませては弾いてきて、乳暈ごと吸ってきた。

(ああっ、必死になっておっぱい求めてる……かわいい、もっとチューチューしてぇ)

悠一の頭をかき抱いて、自らの乳房に埋めさせる。さらには美咲からも押しつけて、ねじ込むように身体を揺らした。

「美咲さんのおっぱい……形もきれいで柔らかくて、ああ、たまらないですっ」

「はぁ、ぁ、嬉しいです……ああっ、はぁんっ」

自らを熱烈に求める青年に、情欲の炎が燃え盛る。

腰の動きが止まらなかった。結合部からあふれる淫液も滴る汗も気にせずに、ただただ甘美な愉悦に溺れてしまう。

(ああっ、ダメぇ……またイく……イっちゃう!)

恥を捨て去った美咲は自ら絶頂に向かっていく。グリグリと子宮口を擦り付け、悠一の肩や背中に爪を立てる。

「ああっ、またイっちゃ……あぁぁ、あん!」

絶頂の直前に、悠一が肉棒を突き刺してきた。強烈な喜悦に目の前が真っ白になる。

全身を鳥肌にして、ガクガクと何度も震えた。

（ああ、素敵……こんなの、何度もくれるだなんて……もっと欲しいと思っちゃう……っ）

美咲の劣情はもう止まらない。妻であるとか母であるとかは関係なかった。ただ男に牝として貪られる女でありたい。そう心の底から思ってしまう。

「美咲さん、大丈夫ですか？　さっきから何度もイってますけど……？」

息を切らせた悠一が心配そうに尋ねてくる。

美咲はコクコクと頷いた。大丈夫に決まっている。自分はもっと快楽が欲しいのだ。それこそ、悠一にめちゃくちゃにしてほしい。

「まだですよ……まだ足りないです。ねぇ、私をもっとイかせて……おかしくなるくらいに貪ってぇ」

蜜壺の収縮は止まらない。若竿のたくましさを感じ続けたいとばかりに、媚びるように絡みつく。腰の揺れも収まらなかった。

（ここまでしちゃったんだもの……恥も全部捨てて、快楽だけを貪るの。いままで我慢していた分、思い切り乱れてもバチは当たらないはず……）

貞淑な母親の仮面を剝ぎ取った美咲は、ただの淫女と化していた。

4

一般家庭とは明らかにランクが異なるキッチンで、悠一は美咲を後ろから貫いていた。

二人とも全裸の状態で快楽だけを求め続ける。それはセックスというよりも、獣の交尾と言ったほうが正しいものだ。

「ああっ、あああん！　奥がぁ……ああ、すごいのぉ！」

美咲がはしたない牝鳴きを響かせる。喘ぎというよりは絶叫だった。

シミ一つない白い背中が反り返り、無数の汗の雫が広がっている。豊かな尻が打擲されるたびにひしゃげる様があまりにも官能的だった。

（ああっ、もう止まらない……。僕、真梨子さんに続いて美咲さんにも歯止めが利かなくなってる……っ）

意識の片隅にはやましい思いが残っている。

だが、盛り続ける本能の前では、なんの意味もなかった。

「ひいい、ぃ！　イくの……ああっ、またイくぅ！」

自ら尻を突き出して美咲が甲高い悲鳴を上げる。

全身を硬直させて、肌を小刻みに震わせながら、盛大に絶頂を迎えていた。

(すごい……美咲さん、いったい何回イっちゃうんだよっ)

すでにキッチンでの淫行だけで三回は同じ光景を見ている。

ガクガクと戦慄く脚は、悠一が引き上げていないと立てない状態だ。

その脚の内側には幾筋もの水流が描かれていて、真下には大小様々な液溜まりが出来ていた。

「美咲さん、大丈夫ですか？　もう休んだほうが……」

「ダメぇ……もっと……もっとするのぉ。休まないで……私をいっぱい突いて……私をめちゃくちゃに壊して……はぁ、ああん！」

言われて悠一が突き上げると、美咲は卑猥に叫びを上げる。

汗に濡れた身体から細かい雫が弾け飛び、キッチンやその周囲に舞い散った。

(なんていやらしい人なんだ……こんなにエッチな女の人がいるなんてっ)

美咲は桁違いに卑猥な女だった。もしかしたら真梨子以上かもしれない。

(でも、僕もそんな美咲さんに興奮してる……ああっ、また美咲さんの中に思いっきり射精したいっ)

悠一もすっかり美咲に狂わされていた。もはや生殖行為への恐怖など完全に麻痺している。

「はぁっ、美咲さんっ。こっちを向いてくださいっ」

悠一は一度肉棒を抜いてから、美咲の身体を反転させる。

顔から脚まで濡れ光った彼女は、もう瞳の焦点が合っていなかった。美しく手入れをしているウェーブの髪が、頬や肩に貼り付いている。

(おま×こがクパクパいって……そんなに欲しいのかよっ)

おびただしく濡れた陰唇は、閉じることを忘れて媚粘膜を満開にしている。

膣口が開閉するたびに、生々しい媚臭が漂っていた。男を誘うフレグランスに、悠一は一時(いっとき)も我慢ができない。

「ああっ、美咲さんっ」

「うぐぅ、ん！　あ、ああっ……また来たっ、また来てくれたぁ！」

一気に肉杭を打ち込むと、美咲が歓喜に身体を反り返らせる。

悠一はがむしゃらに腰を振った。膣道を掘削し、子宮口に牡の衝動を食らわせる。

(おっぱいも弾みまくって……なんてエッチなんだっ)

美咲を抱えて硬く膨れる乳芽に吸い付く。

（これを萌香ちゃんも吸っていたんだ。お母さんなのに、全く他人の僕に吸われて喜んでるなんて……っ）

背徳感が本能を痺れさせる。人の妻であり母親である女性と、本能を剝き出しにした激しい情交に耽っているのだ。品性のかけらもない行為を、普段は上品な美咲としていて、それを美咲自身が望んでいる。

そう考えるだけで、一気に射精欲求がこみ上げた。

「ううっ、もう僕も我慢できないですっ。出しますっ、また奥に出しますからねっ」

悠一が叫んで言うと、美咲が何度も頷いた。

「はぁ、ぁっ、出してっ！　悠一さんの熱いの、いっぱいちょうだい！　精子で中から溺れさせてぇ！」

白濁液を懇願し、美咲の腰が激しく動く。

精液と愛液が混じった結合部が、淫猥な水音を響かせた。

「あぁっ、あぁあん！　またイっちゃう！　イくの止まんない……あ、あぁっ、ああぁぅ！」

快楽に狂い乱れて、美咲がブンブンと頭を振り続ける。

亀頭が膣奥と苛烈に擦れて、子宮口付近を強かに抉った。

美咲の身体がピンと伸び、指の先まで硬直する。

「ひっ、イ……イっ……あ、ああっ！　──っ！」

大きく開いた唇からは、もはや悲鳴すら発されない。口端から甘露のような唾液を垂らし、焦点を失った瞳を大きく見開く。

「くっ……出ますっ。あ、ああっ……イくぅ！」

バチュンと強烈に腰を打ち付け、最奥部に切っ先をめり込ませるとともに破裂した。

二度目とは思えぬ勢いで、欲望液を美咲に注ぐ。

（ううっ……めちゃくちゃ気持ちいい。腰が抜けそうだ……っ）

美咲の腰をしっかり摑み、フローリングを踏みしめる。

ペニスの脈動に合わせて下腹部を押し出して、最後の一滴まで放出した。

「あ、あっ……はぁ、ぁ……かはっ……くぅ、ぅ……」

長い絶頂から戻った美咲が、キッチンの天板に崩れ落ちる。不規則に濡れた白肌を震わせて、過呼吸かと思うほどに激しく息を繰り返した。

「はっ、はぁっ……大丈夫ですか？」

さすがに本気で心配になり、悠一は美咲の顔を覗き込んだ。同時に肉棒をゆっくりと引き抜く。

「あ、ぁ……ダメぇ……」

男根が抜けるとともに、美咲が弱々しく不満を言った。

震えの止まらぬ身体を滑り落として、悠一の足元へとペタリと座る。

「まだです……まだ私、したいです……足りないです……」

瞬間、美咲が汚れきった肉棒を口に含んだ。自らの愛液と精液にまみれているにも関わらず、当たり前のように根本まで咥えて、ゆっくりとストロークを見舞ってくる。

「くぅっ……待って……ああっ、待ってください……あ、ああっ」

「待ちません……はぁ、ぁ……休むなんて許しません。私をもっとめちゃくちゃにしてください……私も……悠一さんをめちゃくちゃにしますから……んぐ、ぅ」

太ももに腕を絡ませて、しがみつくようにフェラをしてくる。

射精直後で過敏なペニスには、極めて辛い刺激だった。キッチンの縁に手をついて、崩れ落ちそうになる身体をなんとか支える。

（美咲さん、本当に狂っちゃったのか……？　ヘトヘトなはずなのに、まだ求めてくるなんて……っ）

ギュッと目を閉じて歯を食いしばる。腕も脚もガタガタと震えてしまった。それでも美咲の貪りは止まらない。

「んぐっ……次は私の寝室に……ベッドにいきましょう。キッチンやソファーだけじゃなく、ベッドにも悠一さんを刻みつけて、染み込ませてください……ねぇ、お願いします……」

牝の本能に瞳を濡らして、美咲が上目遣いで懇願してくる。

そんな表情をされては敵（かな）わない。悠一は無意識に頷いてしまった。

「じゃあ行きましょう。おち×ちんが大きくなったら……私からまた入れちゃいますね。ふふっ……」

美しくて恐ろしい淫女の微笑みに、悠一は愕然とするしかなかった。

第三章　マゾ啼きする先輩保母さん

1

薄曇りの空の下、保育園は今日も園児たちの歓声が響いていた。

「おはようございます。一ノ瀬先生」

悠一はいつものように莉乃葉と手をつないで登園し、園門に立つ瑠奈に挨拶をする。

「おはようございます……」

瑠奈の返事には覇気（はき）がない。表情もどこか暗かった。

(まただ……今日も一ノ瀬先生、元気がないぞ……)

ここ最近になって、瑠奈の様子がおかしかった。何かを思いつめている感じで、今までの晴れ晴れとした雰囲気が影を潜めている。

いる様子だった。
莉乃葉が毎度のこととしての瑠奈の脚に抱きつく。見上げる表情は本当に心配して
「先生、大丈夫？　悲しいの？」

「うふふ、ありがとう。私は何も変わってないわよ」

（嘘だ……何か僕たちには言えない悩みを抱えているはずだ……）

気丈に振る舞おうとする姿が痛々しかった。こんな様子の瑠奈は見たくない。

（僕に一ノ瀬先生を支えられる力があれば……でも、そもそも一ノ瀬先生に近づくことを許される状況じゃないよな……）

今のふしだらな女性関係のままで瑠奈と親密になるなど、おこがましい。悠一は今、世間様に顔向けできるような立場ではなかった。

（真梨子さんだけでなく、美咲さんとも関係してしまった。おまけに、どちらも切れずにズルズルと続けちゃっている……）

ある日は真梨子と身体を重ね、またある日は美咲と快楽を貪っていた。理性が欠落した日常に、悠一の良心が軋みを上げる。

（この関係を清算しない限りは、一ノ瀬先生と親しくなることなんて許されない。なんとかしないといけないよな……）

一人悶々と悩んでいると、視界の端にある人物が姿を見せた。瑠奈よりも少し年上に見える彼女は、瑠奈とは色違いのエプロンを着けている。艶を放つショートカットに日に灼けた肌は健康的だが、整った顔立ちは若干のキツさを感じさせる。

そして、彼女は明らかに不機嫌そうだった。

「……一ノ瀬先生、ちょっとこっちへ」

瑠奈の背後に立った彼女は、低い声で瑠奈に言う。

瑠奈の肩がピクンと跳ねて、表情が一瞬で曇ってしまう。

「……はい。それじゃ、笠間さん、大学頑張ってくださいね。莉乃葉ちゃんも、また後でね」

瑠奈は作り笑いを浮かべると、褐色の女性とともに園舎の中へと消えていった。

(あからさまに怖がってたな……大丈夫かな……)

瑠奈の反応に不安がじわじわと大きくなる。

「私、夏海先生怖い……」

ポソリと莉乃葉がそんなことを呟く。悠一の手をギュッと握ってきた。

(ああ、そうだ。夏海……確か柏原夏海先生だっけか)

莉乃葉との会話で何度か聞いた名前だった。若い先生たちを束ねる立場にいるらしい。確かにそういうポジションにはふさわしい雰囲気の女性である。

（ただ、莉乃葉の言うとおり……確かにちょっと怖いんだよな……）

保育園では特にクラスは持ってはおらず、その時々ですべての園児を見ているらしい。

ただし、園児たちからの評判は芳しくない。皆が一様に「怖い先生」と評している。大学生の自分から見ても怖い女性だと思うのだから、幼児たちからすればその何倍も怖がっているのだろう。

（悪い先生じゃないだろうし、そんな風に思われているのもなんだかかわいそうってか、気の毒だけどな……彼女にも彼女の立場があるんだろうし、若い先生を指導するっていうなら……）

そこまで考えてから嫌な予感がした。

瑠奈の怯え方が引っかかって仕方がない。もしかしたら、パワハラやいじめのようなことをされているのではないか。

（女同士の人間関係は、複雑かつ恐ろしいって言うしな……）

悠一の中に得体のしれない焦りのようなものがこみ上げる。

屋内に消えた二人はどこへ行ったのか。そこで何をしているのか。確認したくて仕方がない。

（……園舎の裏かもしれない。ちょっと回ってみようかな）

悠一は莉乃葉を教室へと送り出してから、一人裏へと回っていった。


敷地外をぐるっと回り、生け垣の向こうに意識を向ける。

誰かの話し声がした。間違いない、夏海と瑠奈の声である。

「いい加減にしなさいよ。そんなふわふわした気持ちで子どもたちを預かって許されると思ってるの？」

「す……すみません……」

「昨日今日に学校出てきたわけじゃないでしょう。ちゃんと保育園の先生なんだって自覚を持って。あんなんじゃ、短大出たばかりの子のほうが、まだやる気があっていいくらいよ」

（うわ……めちゃくちゃ言われてる……こ、怖い……）

夏海の声は静かだが、明らかに怒気がこもっていた。おそらく瑠奈を正面から睨みつけているのだろう。

（そういえば、美咲さんも言ってたもんな。一ノ瀬先生は頼りないって……そのことを言ってるのか？）

保護者がそう思うのだから、上司である夏海はもっと強く思っているはずだ。彼女の立場からすれば、指導するのも当たり前であろう。

（でも……何もそこまで言わなくても。ちょっとキツ過ぎじゃないか……）

後輩の指導に熱心なのはいいことだろうが、発する言葉がいちいち強い。まったく無関係な悠一が聞いているだけで肝を冷やしてしまう。

「あの……本当にすみません。もっと意識を持って頑張ります……」

そう返す瑠奈ではあるが、声はたどたどしくて弱々しい。悠一から聞いても、なかなか信用できるものではなかった。

（一ノ瀬先生……）

すっかり萎縮（いしゅく）している瑠奈を哀れに思うと同時に、なんとか力になりたいと思う。

だが、保護者の代理でしかない自分には、到底無理な願いであった。

「……わかったわ。もうホームルームが始まるから、早く行きなさい」

仕方がないといった感じで夏海が言う。

瑠奈は「ありがとうございました」と力なく言うと、小走りに去っていった。

一人だけ残った夏海が大きくため息を漏らすのが聞こえた。そして、一歩だけ砂利を踏みしめる。

「……そこでいったい何をしてるの？」

悠一はビクンと身体を震わせた。生け垣は十分な密度があり、向こうからこちらの様子は見えないはずだ。

「覗きみたいなことをしてるんじゃないわよ。それでお兄さんとして莉乃葉ちゃんに顔向けできるわけ？」

（嘘だろ……僕だってことまでバレてるじゃないか……）

そこまで言い当てられては走り去ることもできない。

悠一は力なく「すみません……」とだけ言った。

「まったく……。ちょうどいいわ。あなたにも話があるから、ちょっと来なさい」

夏海はそう言うと、生け垣の切れ目に設えられた裏口の門を開く。

ビクビクしながら中に入ると、夏海が腕を組んでこちらを見つめていた。挑むような視線が突き刺さる。

（こ、こわ……っ）

先ほどまで瑠奈は、この視線に晒されながら詰められていたのであろう。その恐怖やストレスは、察するに余りある。

「なんでそこにいたの？」

当然の質問だった。

「えっと……その……」

だが、悠一は上手く答えられない。好きな人が怖い人に叱られているのが心配になったからです、など言えるはずもない。

すると、夏海は再び深くため息をついて頭を下げる。

「まぁいいわ。……私が一ノ瀬先生を引っ叩くとでも思った？」

「いやっ。そこまではさすがに……」

「ふぅん。ま、自分が他人からどう思われているかくらいは、わかってるからいいけどね」

そう言って、寂しそうな顔をする。

(柏原先生、どうしたんだ？　なんかイメージと違うぞ……)

覗きを糾弾されて、お灸を据えられたあとにつまみ出されるものだと思った。

だが、実際の夏海からはそこまでの激しさは感じられない。むしろ逆に、何かを静かに憐れむ様子すらあった。

「あの……柏原先生……？」

「……ちょっと待ってなさい」

悠一の問いを無視する形で夏海は言うと、園舎の中へと入っていく。

わけがわからず、言いつけどおりにその場で待っていると、やがて夏海が戻ってきた。

顔は無表情で、どこか圧迫感を抱かせる雰囲気が戻っている。手には小さな鍵を持っていた。

（なんの鍵だ……？）

悠一が不思議に思っていると、彼女はそれをポケットに入れ、一言だけ呟いた。

「ついてきなさい」

「えっ？」

無意識に尋ねたが、夏海はなんの反応も見せずに、踵を返して歩き始める。悠一は慌てて彼女の後ろをついて歩いた。

（いったい、どこにつれていかれるんだ……？）

夏海の考えがさっぱりわからない。不安と疑問が渦巻くも、とりあえずは言われたとおりにするしかなかった。

いつの間にか園児たちの声が止んでいる。紙芝居か、絵本の朗読のらしい。

（……午前中の講義は出れないな。午後からなら出れるかな）

薄曇りだった空は、さらに雲の厚さが増している。

悠一は空を見上げて、何かとんでもないことが起こる予感がした。

2

夏海が連れてきたのは、園庭の端（はし）にあるプレハブ小屋だった。窓は曇りガラスなので、中ははっきりとは視認できないが、おそらく用具入れに使っているのであろう。

「入って」

手にしていた鍵はこの小屋のものだった。夏海は解錠して引き戸を開けると、悠一を中へと誘う。

「お、お邪魔します……」

恐る恐る中へと入る。やはり用具入れだった。運動会で使いそうな道具一式や、何が入っているのか大量のダンボールが備え付けられた棚にずらりと並んでいる。

「悪いけど椅子はないから。そこらへんに寄りかかっていいわ」

ぶっきらぼうに夏海は言うと、入り口の扉を締める。さらには鍵までかけてしまった。

（鍵までかけるだなんて……随分と用心深いな。何をするつもりなんだ……？）

土臭いこもった空気が悠一を包む。

音楽の時間なのか、どこかの教室からかすかに歌う声が聞こえてきた。小屋の外はいつもの保育園そのものだ。

「……あなたにはっきりと言いたいことがあるの。他の人に聞かれたら、面倒くさいことになりそうだからここで話すわ」

夏海は壁に寄りかかると、ちらりと悠一に視線を向けた。

たまらずビクンとしてしまう。いったい何を言われるのか気が気でない。

「は、話……ですか……」

悠一の震えた声に、夏海は何も反応しない。じっとこちらを見続けるだけだった。

左右で均等なつり目からの圧力に、悠一は身じろぎするのもためらってしまう。

二人のあいだに少しの静寂が訪れる。悠一の緊張がじわじわと強まった。

そして、夏海が小さく息を吐き、続けて一つ息を吸ってからようやく口を開く。

「……どうして行動しないの？」

「えっ？」

何を言っているのかさっぱり理解ができなかった。

「えっと……言っている意味が……」

「なんで好きな女に行動の一つもできないの、って言ってるのよ」

語気を強めた夏海の言葉に、悠一は絶句する。信じられない思いだった。

（な、なんで……柏原先生まで知ってるんだ……）

まさか美咲だけでなく、夏海にすら見透かされていたとは思わなかった。

一気に焦りが広がった。片想いがバレるのは仕方が無いとしても、瑠奈と両思いの関係だと勘違いされては大変だ。園児の家族と色恋沙汰を起こしていると思われたならば、瑠奈にかかる迷惑は計り知れない。

悠一はしどろもどろになりながらも、必死に疑念を払拭しようとする。

「あ、あのっ。一ノ瀬先生は僕が勝手に想っているだけであって、決して彼女がどうこうしているというわけでは」

「だから言ってるのよ」

言葉を遮って夏海が言った。わからない奴だな、とでも言うように、口調にはいらだちが滲んでいる。

「あのね、本気であの子が好きなら、思い切って行動しなさい。保育園の先生と保護者の関係とか、そんなことはどうでもいいの。好きな女くらい、全力で守って支えようって気概を見せなさいよっ」

夏海はキッと睨みつけながら一気にそうまくし立てる。

あまりにも予想外の言葉に、悠一は呆気にとられた。

（支えろって……それが出来るなら、どんなにいいことか……）

夏海の言葉は、理想として常に思い描いてきたことである。

だが、悠一は瑠奈よりも年下で、しかも大学生という身分である。彼女を支えて寄り添うには、あまりにも非力だし甲斐性がないではないか。

「……一ノ瀬先生には、拠り所が必要なのよ。自分を認めて受け入れてくれる、特別な存在の人がいないとダメなの」

夏海が目を伏せて静かに言う。先ほどとは打って変わった雰囲気に、思わずドキリとしてしまった。

「一ノ瀬先生のプライドもあるから、あまり詳しくは言わないけれど……」

夏海はそこで言葉を切ると、逡巡した様子で言いよどむ。七分袖のTシャツから伸びる褐色の腕を撫でながら、愁いを帯びた表情で顔を背けた。

「彼女、前の保育園でいろいろとあってね。逃げるような形で辞めたらしいの。保育園の先生自体を辞めてしまおうかとも考えたみたいだけど、子供もこの仕事も好きだから、結局は続けたいと思ってここに来た……でも」

夏海はそこまで言って、再びため息をつく。その後のことは口に出されなくても、なんとなく察することができた。

（前の保育園のことを引きずって、上手く仕事が出来なくて……それが、一ノ瀬先生を曇らせている悩みの正体なのか……）

彼女が精神的に無理をしている理由がようやくわかった。

かつて瑠奈を襲ったトラブルが、今も彼女を蝕んでいるのだ。恋愛感情はもちろんだが、それを抜きにしても、なんとかしてあげたいと思う。

「一ノ瀬先生は、本来はとてもいい先生だから。園児たちみんなからとても慕われて好かれているし……ふふっ、私とは大違いね」

そう静かに自嘲する夏海が、どこか寂しそうに見えた。

（もしかして、怖い先生はわざと演出してるだけなのかもな……）

若い先生を束ねて、彼女たちの手に負えないトラブルが起きたら対処するのが夏海の立場だ。そこには中途半端な優しさや甘さは邪魔なだけだろう。

（本当の柏原先生ってどんな女性なんだろうな……）

不思議とそんなことを考えてしまった。

夏海は一見するとキツい印象ではあるが、その容姿は美人と称するには十分すぎるものである。

ショートカットの黒髪と褐色の肌は健康的で、それぞれが艶を放って美しい。スラリと高い身長になだらかなフォルムはアスリート然としていて、彼女にはとてもよく似合っていた。

（真梨子さんや美咲さんとは、全く違うタイプだな。こういう女性もすごく魅力的で……って、おいおい、何を考えてるんだっ）

自分の節操のなさを叱咤した。瑠奈のことを話しているのに、夏海に卑猥な感情を抱くなど、許されることではない。ましてや、他の女性たちと比べるなど、失礼にもほどがあるであろう。

（もしかして僕、立て続けにエロい関係を作っておかしくなってるのかな……）

「ねぇ」

一人考え込んでいると、不意に夏海が声をかけてきた。

まずいと思って彼女を見る。自分が何を考えていたのかを見透かされた気がして怖い。

だが、自分を見つめる夏海には、怒ったり侮蔑するような様子はなかった。

眉尻を下げた表情はどこか心細そうだった。何かを言おうとして踏ん切りがつかない様子でもある。

「ど、どうしたんですか……？」

悠一がそっと尋ねると、彼女は一瞬だけ目を逸らす。

そして、ギュッと目を瞑ったあとに、しっかりとこちらを見つめて口を開いた。

「わ、私って……女としてどうなの？」

「へっ？」

予想外の言葉に呆然とする。夏海の考えていることが、まるでわからない。

だが、そんな悠一を置き去りにして、夏海は堰を切ったように話しはじめた。

「男の人から見て、自分がどれだけの女と見られているか知りたいの。髪はショートカットで肌も黒くて……女らしさのかけらもない。人前での性格はこんなだし、それに……おっぱいだって全然……」

そう言って自分の胸の前で手を重ねた。

確かに夏海の胸はあまり膨らみを感じない。しかし、だからといって女性としての魅力が乏しいわけでもなかった。

「僕は……柏原先生は十分すぎるほどに魅力的だと思いますけど……」

お世辞を言っているわけではない。彼女が醸し出す健康美は、多くの男を惑わすだろう。現に悠一もさっき、彼女に卑猥な感情を覚えかけたばかりである。

（それに、本当に性格がキツイってわけでもないみたいだし。今の心細そうな様子なんて、普段とのギャップが……）

普段のイメージと真逆の表情が、男としての情欲を刺激する。いけないと思うのに、ふしだらな気分が収まらない。

「ふふ、ありがとう。それじゃ……」

初めて見る微笑みは、優しさと同時に女の妖しさを感じさせた。直感で空気が変わったのがわかる。

「ねぇ……」

夏海がゆっくりとこちらに近づく。ぱっちりとしたつり目が熱を宿して濡れていた。

「か、柏原先生……うぐっ」

股間にありえない感覚が訪れた。

夏海の右手がペニスのあたりに重ねられている。

「えっ？　ど、どうしたんですか……あぁっ」

悠一の問いを無視する形で、夏海の右手がゆっくり動く。

「私のこと、魅力的だと言ったね？　それ、本当……？」

夏海が悠一の顔を覗き込んでくる。頬は紅潮していて、息遣いがねっとりとしていた。

「は、はい……嘘では……あぐっ」

夏海が逸物をぐっと掴む。そのままゆっくりと揉み回してきた。

「なら……それが本当だって証明して。私でどこまで興奮できるのか、今この場で教えてよ……って、あら」

夏海の手が一瞬だけ止まる。しかし、すぐに動きはじめて、今度は上下に擦るように撫でてきた。

「ふふ……ずいぶんと素直ね。もう硬くなってるじゃないの」

夏海の言うとおり、悠一のペニスはむくむくと肥大して、あっという間に完全体となってしまう。

狭いパンツの中で、苦しいとばかりに何度も大きく跳ね上がっていた。

「こんなにビクビクさせて……大人しそうな顔して、あなたもなかなかにエッチなのね」

夏海の表情は完全に発情した女のものだった。ねっとりとした視線が絡みつき、漏れる吐息は熱くて甘い。

「触られたら反応してしまいますよ……でも、こんなところでなんて……はうぅ！」

「男のくせにそんなこと気にしてるんじゃないわ。それに、少なくとも午前中はここには誰も来ないから安心しなさい」

ぐぐっと亀頭付近を握って擦過してくる。

手の動きが徐々に速さを増していて、こみ上げる愉悦が比例した。ペニスの脈動も間隔を狭め、もうパンツの中は卑しい粘液でヌルヌルだ。

「もうパンパンになってる……ふふっ、苦しくなってるでしょ。今、楽にしてあげるわ……」

夏海はニヤリとすると、悠一のベルトを外しにかかる。

さすがは保育園士といったところか、他人の衣服を脱がすことに躊躇（ちゅうちょ）がない。あっという間にベルトを外され、さらにはパンツごとずり落とされる。

「あっ」

「あら……。ふぅん、ずいぶんと立派なものをしてるじゃない。反り返りがいやらしいわ……」

露出した勃起をまじまじと見て、つつっと裏筋に指先を滑らせる。

それだけでたまらぬ快楽がこみ上げて、悠一の身体と勃起が大きく跳ねた。どろりと先走り汁までこぼしてしまう。

「はぁ、ぁ……でも、本当にすごい……こんなにも硬くて上を向いて……私を相手に、こんなになっちゃうなんて……」

生身の勃起に指を絡めて、硬さと太さを確かめるように手淫してくる。さらにはもう一方の手を使い、重くぶら下がる陰嚢を揉み始めた。

(柏原先生、本当は自分に自信がないのかな……いや、そんなことより、触り方が気持ちよすぎるんだけど……っ)

夏海の手付きは男の弱点を的確に攻めてきた。雁首を擦過しては鈴口を弄り、裏筋を撫でまわす。あっという間に勃起はカウパー腺液にまみれてしまい、クチクチと卑しい音が小屋の中に響いてしまう。

「うあ、っ……柏原先生、そんなに弄られると……ああっ」

「まさかもうイっちゃうの？　童貞じゃないんだろうから、もう少し頑張りなさい」

妖しく目を光らせた夏海は、はぁはぁと淫らに吐息を響かせる。

よくよく見ると、内ももを擦り合わせていた。時折、腰をピクンと震わせ、吐息に悩ましい声を混ぜている。

「先生……」

悠一は無意識に手を彼女の股間に伸ばす。

瞬間、夏海の身体がビクンと跳ねて、拒否することもなく手を太ももで挟み込む。

「あ、あっ……ダメ……あぅ、感じちゃう……」

自らクロッチを押し付けて、ゆったりと下半身を揺らしてくる。チノパン越しでも湿度が高く、秘園が濡れているのがよくわかった。

（あの柏原先生が……感じてる。感じてる姿がめちゃくちゃエッチだ……っ）

少し前かがみになった夏海は、時々身体を震わせては甘い声を漏らし続ける。

腰の動きは徐々に大きくなってきて、押し付けてくる力も増していた。

「あ、あぅ……ねぇ、もっと触って……ズボン越しなんかじゃなくて……ねぇ」

夏海はもうたまらないといった感じで、自らズボンを脱ぎ降ろす。さらにはパンツまで滑り落とした。

褐色の太ももが露わになった。肌理が細かくて張りのある肌が、淫靡に光を反射している。

「直接触って……ああ、中までいっぱい触ってぇ……っ」

夏海に導かれて剝き出しの姫割れに触れる。すぐに熱いとろみが絡みついてきた。淫華の中では媚肉がこれ以上ないほどに蕩けて吸着してくる。

「あ、あぅんっ……はぁ、ぁ、気持ちいい……ああ、腰が止まらないぃ……っ」

夏海は悠一の指に沿って、グッグッと淫膜を擦り続ける。ぷっくり膨れた牝芽も滑り、夏海の嬌声が甲高いものへと変化した。

(保育園の先生が……こんなところでエッチに耽るだなんて……ヤバいよ、僕も興奮が止まらない……っ)

夏海は自力で立つのが難しくなったのか、片手で悠一の服にしがみついてきた。もう一方の手で肉棒を扱きつつ、腰を休むことなく振り続ける。

お互いの性器からはグチュグチュと卑猥な音が響き、生々しい淫臭があたりを包んだ。

「先生っ、いやらしすぎですよっ。普段はあんなに凛々しいのに、こんなところでエッチなことをしちゃうだなんて……」

「あ、ああっ……ごめんなさい。私、本当はいやらしいの……とんでもなくエッチな女なの。なのに、いつもは真面目くさって……ああっ、悪い先生でごめんなさいぃ」

夏海の身体の震えが小刻みになり、止まることなく続いている。もしかしたら、軽く絶頂しているのかもしれない。

(気持ちよさだけでなく、この状況にも興奮したっていうのか。本当に……なんてエッチな人なんだっ)

悠一の中で、今までにない感情が肥大してきた。

もっと夏海を乱れさせてみたい。子供たちの保母さんとしてあるまじき状況へと、さらに追い込んでみたくて仕方がない。

蜜まみれの淫華へと、ググッと指先を忍ばせた。

瞬間、トロトロになった媚膜に包まれる。待っていたとばかりに食いついて、そのまま一気に中へと吸い込まれた。

「ひぎぃ、ぃ！　あ、ああっ……中が……あ、はぁっ……イ、イくっ……あ、ああぅん！」

飲み込んだ指を淫膜が食い締める。

瞬間、夏海の身体がガタガタと震え、ブチッと愛蜜が吹き出した。

(うわっ、すごい反応だ……っ)

指一本忍ばせただけで絶頂を迎えるなど、敏感にもほどがある。

悠一の中で牡欲がさらに沸騰した。

「柏原先生っ、もう我慢できないですっ」

肉棒は破裂しそうなくらいに膨れている。これ以上、挿入欲求を堪えることなど不可能だった。

悠一は夏海を壁際へと押し付けると、小麦色の片足を抱えあげる。

現れた淫華の姿に胸を弾ませた。

(周りまでドロドロになってる。なんてきれいなおま×こなんだっ)

夏海の陰部は遮るものが何もなかった。まろやかな恥丘はもちろん、淫裂の周囲もツルツルだ。

「柏原先生、パイパンなんですね。おま×こまでなんてエロいんだっ」

「イヤぁっ。言わないでっ。ツルツルなの気にしてるんだから……ひぃっ」

羞恥に震える夏海が細い身体を硬直させる。

悠一は淫華に亀頭を重ねた。熱いとろみが絡みつき、柔肉へと押し込んでいく。

「う、うぐっ……あ、あああぅん!」

夏海が甲高い悲鳴を上げて、悠一に力いっぱいしがみついた。

(ううっ……めちゃくちゃ柔らかいのに締まってくるっ。これ、気持ち良すぎるぞ……っ)

気を抜くとすぐにでも暴発してしまいそうだった。

あっという間に根本まで挿入し、蜜壺の中で脈動を繰り返す。

パンパンに張り詰めた淫膜が、ざわざわと勃起を刺激する。それだけでたまらぬ愉悦がこみ上げて、悠一は歯を食いしばった。

「あ、ああっ……入り口から奥までいっぱいに……はぁ、ぁっ」

カタカタと細かく震える夏海が、グッグッと膣奥を押し付けてきた。さらには腰まで揺らし始める。あふれ出た愛液がクチュクチュと卑猥な音を響かせる。

「うあ、っ……待ってくださいっ。今、動かれたら……っ」

「あ、ぁっ……無理ぃ……止まらないの。ああっ、腰が勝手に動いちゃう……はぁ、んっ」

悠一の服を握りしめ、ついには力強く腰をしゃくりあげてきた。

「はぁ、あっ……気持ちいいっ。気持ちいいよぉ……あなたのおち×ちん、気持ちいいのぉっ」

切なく歪んだ顔が至近にあった。濡れた瞳が悠一を射抜いてくる。

（かわいすぎる……っ。そんな風に見られたら……っ）

もう限界だった。

「ああっ……ごめんなさいっ。もう出ます……うぅ！」

股間の奥底から灼熱の白濁液が、激流となって遡上する。いけないとわかっているのに動けなかった。そのまま夏海の膣奥へすべてを噴出してしまう。

「ひっ、いいい！　ダメダメっ、熱いのっ……あっ、ああっ……イくっ、またイぐぅ！」

夏海はギュッと目を瞑り、力いっぱい悠一に抱きついた。

感じる甘い芳香は、夏海の牝としての香りだろうか。発熱した褐色肌から、濃厚なまでに漂ってくる。

（マズい……中出ししてしまった……）

保育園の中で、しかも働いている最中の夏海に対してとんでもないことをしてしまったのだ。意識が現実に戻ってきて、顔面が青くなる。

「あ、あっ……まだ熱いよぉ……ああ、すごいぃ……」

一方で夏海は甘ったるい声を漏らして、膣内射精の余韻に浸っていた。淫悦を名残惜しむかのように、緩慢な動きで腰を揺らし続けている。

「か、柏原先生……ごめんなさい……僕、中に……んぐっ」

震える声での謝罪は、夏海の唇で塞がれた。

亀頭に膣奥を擦りつけながら、舌を忍ばせては絡めてくる。悠一も戸惑いながらも呼応すると、夏海はさらに濃密なディープキスを求めてきた。

「はぁ、ん……まだ気持ちいい……キスも気持ちいいの……んんっ」

「柏原先生……」

「ダメぇ……夏海って呼んで。名字なんかじゃイヤぁ……」

夏海の懇願は完全に甘えた声だった。

彼女は一向に離れようとしない。身体をピッタリと密着させては、肉棒を膣膜で締め続けてくる。

（本当はこんな人だったんだな……）

普段見せている姿とのあまりのギャップに驚くが、しかし少しも悪い気はしない。むしろ、夏海のことを心の底からかわいいと思ってしまった。

「名前……」

「え？」

「下の名前を教えて。笠間って呼ぶのはもう無しでしょ」

「ああ……悠一です」

「悠一くんか……ねぇ、悠一くん？」

官能にまみれた吐息を断続的に漏らしつつ、夏海がそっと耳元で囁いてくる。

「一ノ瀬先生が悠一くんをどう思っているのか……教えてあげようか？」

思いがけない言葉に目を見開いた。

すると、夏海は未だに潤む瞳を細めて、意味深に小さく笑う。

「知りたいのね……そりゃそうだよね、好きな人が自分をどう思ってるか、気になるのは当たり前だものね」

「は、はい……教えて……くれますか」

悠一の言葉に夏海がニヤッと口角を上げる。何か良からぬことを企んでいる気がした。

「教えてあげる……けれど、タダじゃダメ。条件があるの……」

「条件……ですか」

オウム返しに夏海がコクンと頷いてくる。

彼女の唇が再び耳元に添えられた。甘くて熱い吐息で耳朶を撫でつつ、夏海が条件を口にする。

「今夜、私と一緒に過ごして。明日はお休みだから……朝までね……」

「えっ？　それってどういう……あぐっ」

悠一の驚きを塞ぐようにして、緩慢に動いていた腰が再び振り幅を増してきた。

「あは、ぁっ……約束だからね……過ごし方次第では……ああっ、私も一ノ瀬先生とのこと、手伝ってあげるから……ああんっ」

ペニスは射精したというのに未だに硬い。射精後特有の辛さはあるも、それ以上に愉悦が勝った。

「ああっ、若いってすごい……っ。まだ硬くて……はぁ、ぁっ、素敵ぃ……っ」

愛液と精液が混じり合い、卑猥極まる水音が響き渡る。

夏海はここが職場の保育園であることを忘れているのか、官能に浸り続けた。腰の動きも漏れ出る嬌声も、先ほど以上に激しくて大きい。悠一のほうが心配になってしまう。

「な、夏海先生っ……あんまり続けたらさすがにマズいですよ。バレちゃいますよ？」

「わかってるよぉ……もうちょっとだけ……もう少しだけ続けさせて。でも、夜は容赦しないから……あ、ああんっ」

媚肉で肉棒を締め付けて、しっかりと膣奥を亀頭に押しつけてくる。

豹変した生真面目で冷徹な保育士に、悠一の煩悩は休む暇が無かった。

3

築浅のきれいなアパートの角部屋が夏海の部屋だった。

外はすっかり夜になり、付近は住宅街なのでとても静かだ。

だが、室内だけは外界と隔絶されていて、男の荒い呼吸と女の甘い叫び声が断続的に響いている。

「ああっ、ああん！　もっと突いてっ……はぁ、ぁっ、そこっ、そこいいのぉ！」

ベッドに突っ伏した夏海は、尻を高々と上げながら、絶え間ない肉棒の貫きにはしたない歓声を上げていた。

夏海の身体はしなやかで、褐色の肌が美しい。背中も尻も汗で刷毛（はけ）塗りとなり、溢れんばかりの官能美を浮かびだしている。

「ああっ、僕も気持ちいいですっ。おま×この中が全部吸い付いてくるっ」

午前中に保育園の倉庫で二度射精して、夜もこの部屋で二度精子を放っている。白濁液は既に水のようなものしか出ない。

しかし、肉棒は何度果ててもその度に復活した。今も蜜壺から愛液を掻き出して、媚膜を押し広げ続けている。

「ああっ、すごい……すごいのぉ！　こんなのダメ……あ、ああっ！」

シーツを思い切り握りしめ、夏海が灼けた肌を震わせる。

背中の筋が硬直し、小ぶりな尻がビクビクと弾んだ。結合部からプチュッと卑猥な飛沫音が上がる。

（夏海先生、またイった……何回イくんだ、この人は……）

悠一は滴る汗もそのままに、果てた夏海の姿を見る。

やがて力尽きたのか、彼女の下半身がドサリと落ちた。

汗に全身を濡れ光らせて、ビクビクと震えを繰り返している。

（なんだろう……なんで夏海先生にこんなに欲情するんだ。もっとイかせたくて仕方がない……もっと激しく乱れさせたいと思ってしまう……）

真梨子や美咲と情交するときの興奮とは何かが違った。

もっと乱したい。もっと喘ぎ叫ばせて、快楽に弄ばれる様を見てみたい。

それは、悠一にとっては初めて自覚する嗜虐心だった。

「夏海先生、ダメですよ。勝手に休まないでください……！」

いきり立つ肉棒を強烈に叩きつける。小ぶりな尻と腰とが強かにぶつかってバチュンと音が立つ。

「んひぃいい！　あ、ああっ……そんな、ああっ、ダメぇ！」

夏海は悲鳴にも似た声を響かせ、全身を再び硬直させる。

悠一はうつ伏せ状態の夏海に対して、躊躇することなく腰を振り続けた。いわゆる寝バックの体勢だ。

（めちゃくちゃ締まってる……ああっ、繋がっているところからの匂いがとってもいやらしい……っ）

股間どころか尻肉まで発情液に濡れ、生々しい淫臭が上り立つ。

夏でもないのに二人とも汗でびっしょりだ。一人暮らし用のアパートの室内は、むせ返るような熱と湿度に包まれている。

「はあ、ああんっ……奥が……奥がすごいのぉ！　ああっ、ダメぇ、こんなのダメぇ！」

破れそうなほどにシーツを掴み、枕に突っ伏しながら頭を激しく振り乱す。

淫悦に翻弄(ほんろう)される様が、悠一の獣欲をどこまでも刺激してくる。

「夏海先生はいやらしすぎますっ。どこまでもチ×コを欲しがって……そんなんで保育園の先生だなんて恥ずかしくないんですかっ？」

「ああんっ、言わないでっ……ああっ、ごめんなさいっ、ごめんなさいぃ！」

快楽に飲まれながら謝る姿のなんと卑猥なことか。

夏海はただの保母ではない。若い先生たちを束ねて、園児たちを威厳で黙らせる特別な存在だ。

そんな彼女が恥も理性も投げ捨てて、年下である自分とのセックスに喘ぎ叫んでいる。その倒錯ぶりに本能はどこまでも暴走していた。

「謝りながらおま×こ締めないでくださいっ」

悠一が濡れ光る尻肉を平手打ちする。ピシャンと音が響くとともに、夏海の嬌声が甲高くなる。

「ひぃん！　あ、ああっ……ごめんなさい、ごめんなさいっ。許してぇ！」

「許しませんっ。お尻を叩かれて感じる変態のくせに、口答えしないでくださいっ」

悠一は何度も尻肉を引っ叩く。褐色の尻に赤みが増して、じわりと熱さが生まれるも、構わず左右へと繰り返す。

「はぁ、あん！　お尻……ああっ、熱いのっ。痛いのに……うあ、あっ……イっちゃうっ、またイっちゃうぅ！」

渾身の力で子宮口を抉って、両方の尻を強かに打擲した。

瞬間、夏海の背中が大きく反って、ぶわっと鳥肌が広がった。

「ひっ、いいい！　あぐっ、あぁ……！　――っ！」

限界まで反り返らせながら、ビクビクと何度も震え続ける。身体中から汗の雫を滴らせ、叫び声は最後には声になっていなかった。

（お尻を叩かれてイくだなんて……夏海先生、嘘でも言い過ぎでもなんでもなく、本当に変態じゃないか……）

哀れで卑しい牝を眼下にして、悠一はふつふつと嗜虐心を滾らせていた。


未知の法悦に翻弄されて、夏海はもうまともな思考ができなくなっていた。

（ああっ、気持ちいいの止まらない……私、今までないほどに興奮しちゃってるっ）

自分に被虐願望があることには気づいていた。あわよくば、それを実現してくれる相手が現れることも、かすかながらに期待していた。

だが、それが年下の大学生で、しかも瑠奈を想っている男だったとは思いもしない。

（こんなことはいけないのに……でも、もっとしてほしいと思っちゃう。ああっ、もっと私を犯して……もっと蔑んでめちゃくちゃに壊してぇ……っ）

はしたない願望が堰を切ったように流れ出す。厳格な保育士としての自分はもはや消えている。いるのは、汗と淫液を垂れ流す下品で恥知らずな牝としての自分だけだった。

「夏海先生、休まないでって言ってるでしょっ」

再び若牡が凶悪な肉杭をねじ込んできた。

果てた身体と脳内に、強烈なまでの歓喜が炸裂する。およそ人には聞かせられないような、獣のような声を響かせた。

「なんですかこれ。なんでこんなにおま×こぐちゃぐちゃにしてるんですか。シーツまでヌルヌルにしてるじゃないですかっ」

掻き出された牝蜜はシーツに液溜まりとなって広がっていた。シーツは他の部分も汗を吸い、絞ったら滴りそうなくらいに濡れている。

「ああっ、ごめんなさい……許して……汚してしまってごめんなさ……はぁああん！」

謝罪の言葉は剛直の貫きで封じられる。

幾度となく果てた身体には、悠一の挿入はあまりにも凶悪な悦楽だった。もう叫ぶことしか出来やしない。

（こんなの知らないっ。こんなの……本当に狂っちゃうっ。ああっ、私、もうまともじゃいられなくなっちゃう！）

　若竿が蜜壺をパンパンに満たしつつ、途切れることなく前後に往復を繰り返す。

　グチュグチュとはしたない音色は音量と密度を上げていた。それに呼応して媚肉が収縮しているのが自分でもわかる。

「もう我慢できませんっ。僕、夏海先生を壊します。いいですよね、だって先生はチ×コ狂いの淫乱なんですからっ」

　鼻息を荒くして悠一が言い放つ。

　彼もすっかり豹変していた。大人しくて知的な好青年は、本能を剥き出しにした凶暴な獣と化している。

（もう好きにしてっ。徹底的に壊して……私を貪って！）

　被虐の幸福に浸りながら、夏海はすべてを悠一に預けてしまう。

　突っ伏していた身体を半回転されて、横寝の状態にさせられる。片足をしっかり掲げられた刹那、剛直で突きを入れられた。

「はあぁっ！　それダメっ！　ああっ、ぐぅ……ん！」

　体位が変わると、刺激されるポイントも変わってくる。あまりにも鮮烈な悦楽に目の前で星が舞った気がした。

「乳首もこんなにビンビンにしてっ。何から何までいやらしすぎるんですよっ」

肉杭を打ち込みながら、片手で乳房を揉み回される。お皿をひっくり返したほどのスレンダーな乳丘だが、揉まれるだけで切ない疼きのような快楽が生まれてしまう。

だが、すぐに乳首を摘まれた。膣悦とは異なる鋭い愉悦に総身が跳ね上がる。

「んひぃいい！　あっ、ああっ！　おっぱいまで一緒だなんてぇ……あ、あああぅ！」

二点からの法悦が夏海を襲った。もっと狂って完膚なきまでに壊れてしまえと本能が叫んでいる。

（もうダメぇ……こんなの知ったらもう戻れない。自分がいやらしくて変態な女だってこと、もう隠せない……っ）

そんな絶望感すら夏海を恍惚とさせてしまう。二度と這い上がれない官能の淵は、あまりにも深くて途方も無いほどに甘美だった。

「知ってるんですよ。夏海先生は優しくされるより、強くされる方が好きなんだって。乳首だって……ギュッとされるのが好きでしょう？」

悠一が告げるとともに、乳頭を強く摘まれ捩られる。

頭の中が一瞬でスパークした。痛みが快感に昇華して、叫び声で悦楽を訴える。

「ひぐぅうん！　いいのっ、おっぱいいいのっ。はぁ、ぁ！　おま×こもおっぱいも良すぎるのっ。潰してっ、どっちも好きなだけ潰してぇ！」

頭で考えるのではなく、本能が叫んでいた。法悦の凄まじさに頭も心も肉体も、もはや正常さは微塵もない。

股間からは泡立った愛液を飛び散らせ、唇は閉じることを忘れて涎を垂れ流す。そんな自らの下品な振る舞いすら官能を燃え滾らせた。

「ほらっ、見てくださいよ。自分のおま×こがどうなってるか。こんなにぐちゃぐちゃにしてっ。恥ずかしくないんですかっ」

仰向けに変えさせられてから、下腹部を引き上げられる。結合部を高々と掲げられ、目にした光景に戦慄した。

（ああっ、おへその辺りまでヌルヌルになってるっ。とってもいやらしい匂いまでしてるっ）

攪拌されて白濁と化した淫液が、自らの黒い肌を汚していた。

漂ってくる淫臭は強烈で、少し嗅ぐだけで目眩がしそうなほど。それが強制的に鼻腔を満たしてくるのだ。蕩けきった心身には、あまりにも凶悪な媚薬の香りだった。

「目を背けないでくださいっ。夏海先生の中に僕のチ×コが入りまくってるの、ずっと見ててくださいよっ」

悠一は叫ぶように言うと、肉杭を猛烈な勢いで打ち込んでくる。

泥濘を何度も途切れることなく掘削される様は、非現実的であまりにも卑猥だった。

「ひぎっ、ひいい！　それすごいのぉ！　ダメっ、壊れるっ、おま×こ壊れるぅ！」

吹き荒れる法悦の嵐に、夏海が抵抗する術などない。はしたない単語を叫びつつ、浅黒い肌を震わせることしか出来なかった。

（ダメぇ……おま×こどころじゃない。心も頭も、全部が壊れちゃうっ。ああっ、本当に淫乱な変態女に変えられちゃうっ）

年上としてはもちろん、保育園の先生としての矜持すら崩れていく。もう夏海はただの卑猥な牝へと成り果てていた。

だが、悲しみなどは微塵もない。未知の幸福感のみが夏海を満たす。

（もういいのっ。このまま壊れ果ててしまいたいっ。ああっ、私をもっと淫らで卑しい女にしてぇ）

子宮まで突き刺さりそうな剛直に、愛しさと敬意を抱いてしまう。

それはつまり、悠一自身への感情でもあった。たくましくて荒々しい若牡に、夏海はすべてを支配されていく。

すからっ」

「ううっ、僕ももう限界ですっ。また出しますからね。奥に思いっきり出してやりま
すからっ」

まるで自分を性具であるかのように言い放つ。その言い草に喜悦と情欲が爆発した。

「はぁ、ぁっ！　出してっ、出して出して！　出してください！　ご主人様っ、ご主
人様ぁ！」

自然と叫んだその言葉は、なんの違和感もなく夏海に染み込む。

自分は嬲り物にされたかったのだ。性具として使われて、性奴隷として心と肉体を
捧げる。それが自分の願いなのだと気がついた。

それに気付かせてくれたのが悠一だ。ならば、彼こそが自分が無意識に待ち望んで
いた飼い主ではないか。かしずいて奉仕するべき青年に、夏海の狂った本能が迸る。

「……っ。この淫乱女っ！」

一瞬、絶句したように見えた悠一は、すぐに歯を食いしばって猛烈な打ち込みを与
えてくる。おびただしい汗を吹き出して雫を垂らす様が、自分の変態性を受け入れて
くれた気がして嬉しかった。

「はぁ、ああ！　ああっ！　あああぅ！　イくっ！　イきます！　ご主人様、イかせ
てください！　中に出してっ、ご主人様の精子でイかせてくださいぃ！」

涙目になって必死に懇願すると、悠一はさらにピストンを苛烈にした。気遣いも何もない、射精するためだけの振る舞いに、夏海のすべてが焦げ付き火を吹く。

「うぐっ……ああ、出る！」

悠一が叫ぶと同時に、灼熱の牡液が膣奥に注がれた。媚肉に勢いよく叩きつけられ、子宮口とその奥の不可侵の聖室を支配されてしまう。

「ひぎっ！　あ、ああっ！　──っ！」

（ああっ……私の本当に一番奥までご主人様が……こんなの幸せすぎて……っ）

下腹部で喜悦が爆発し、四肢の先や脳内までをも痺れさせる。

もう言葉は発せなかった。呼吸をすることすら叶わない。背骨が折れそうなほどに身体を反らして、筋が千切れそうなくらいに硬直した。

（ああ……壊れちゃった……私……頭の中も身体も全部ぐちゃぐちゃに……）

もう元には戻れない自覚に法悦が何倍にもなって肥大した。

長い硬直がようやく解け、ぐっしょりになったベッドに落下する。喜悦の凄まじさに身体は耐えられなかったのか、全身が壊れた機械のように激しく跳ねた。肉棒を抜き取られた牝膜が、名残惜しむかのようにクパクパと開閉を繰り返す。

（ああ……まだ気持ちいい……もう入っていないのに……）

ぼんやりとした視界の中に悠一がいた。

髪の毛まで汗で濡らした彼は、肩で息をしながらじっとこちらを見つめている。

(ご主人様がボロボロになった私を見てる……ああっ、視線だけで感じちゃう……ダメっ、何か来ちゃう……！)

下腹部の内側からじわじわと圧迫感が迫ってきた。放尿にも似た感覚に焦りを覚えるも、耐えるだけの力など残っていない。

「あ、ああっ……出ちゃうっ。いやぁ、あ、ああっ！」

悲鳴は残酷にも、放出のきっかけとなった。

ドロドロの淫泉から勢いよく水流が描かれる。

「うわっ。な、夏海先生……」

孤を描いて噴き出す液体は、びちゃびちゃと音を立てて悠一に降り注ぐ。ただでさえ汗に濡れた彼の身体を、卑猥なもので汚してしまった。

「ああっ、ごめんなさい……ごめんなさいぃ……っ」

謝罪しながらも続いた噴出は、シーツに大量の液溜まりを作ったところでようやく止まった。

未だに戦慄く下半身に合わせて、ピチャピチャとあってはならない水音が響いてしまう。

「ごめんなさい……あぁ……ごめんなさい……うぅ……」

あまりのはしたなさに絶望し、涙混じりに謝り続ける。いくら壊されたとて、主にこんなものを浴びせていいはずがない。

「夏海先生……すごいです。僕、潮吹きなんて初めて見ました……ああ、本当にすごかった……」

だが、悠一は少しも機嫌を損ねた様子はなかった。むしろ、自分を心配して顔を覗き込んでくる。

視線が合ったと同時に、そっと唇を重ねてきた。熱く蕩けた柔舌が口腔内を愛撫してくる。

（ああ、ダメ……あんなに激しく壊されたあとに、こんなに優しいキスされたら……私、もう染まっちゃう……ご主人様に隅々まで染まっちゃう……）

夏海のすべてが悠一に溶かされ飲み込まれていく。

震える腕で悠一をしっかりと抱きしめた。夏海からも舌を絡めて、唾液を混ぜ合わせては嚥下する。甘露のように甘く感じるのは、己がそれだけ堕ちたことの証明だった。

4

日付はとっくに変わって、周囲からは車の音すら聞こえない。

悠一はぼんやりとしながら、淡い光を放つ照明を見つめていた。

（そんな……一ノ瀬先生が……僕のことを好きだなんて……そんなはずないだろう……）

少し前に夏海から果たされた約束で、頭の中はいっぱいだった。

瑠奈は間違いなく悠一を想っている。そう夏海は告げたのだ。

（だから、自信を持って行動しろ、って言われたけど……本当にそうなのかな。僕みたいなヤツを好きになるなんて、そんな……）

信じたい一方で、否定的な思いも拭えない。考えは堂々巡りだった。

「んぁ、ぁ……ご主人様ぁ……ご主人様は一ノ瀬先生にふさわしい人ですよ。自信を持ってください……んぐぅ」

思考を察したのか、夏海がそんなことを言ってくる。ただし、彼女は悠一の股間に顔を埋めて、味わうように丹念にペニスを舐めては頬張っていた。

「うあ、っ……夏海先生……そんなにねっとり舐められたら……っ」

「は、ぁ……違いますぅ……夏海です。私はご主人様の下僕なんですから……これからは呼び捨てで……なんなら、牝豚でもなんでも下等なものとして扱っていいんですよぉ……」

まるで酔ったかのように舌足らずに言ってくる。

（参ったな……僕はまったくそんな気じゃないんだけど……）

悠一の性欲の暴走が、夏海の開けてはいけない扉を全開にさせてしまったらしい。

悠一は困惑してしまうが、一方で肉棒の反応だけはやたらと素直だった。

「あはっ……ご主人様の、もうこんなにガチガチで……ああ、このおち×ぽが私を牝にしてくれたんですねぇ」

恍惚としただらしない笑みを浮かべた夏海は、自身の唾液にまみれた勃起を両手で撫でて、さらには頬ずりをしはじめた。

（うう……あんなに出しまくって入れまくったのに……なんでこのチ×コは……）

自らの獣欲を恨めしく思うも、歯止めが利かなくなった以上はどうすることもできない。

そんな悠一をあざ笑うように、肉棒がパンパンに肥大して力強く脈動を繰り返していた。

「ああっ、また出したいんですね……わかりました。ご主人様専用の精液便所として、ご奉仕させていただきます……」

当たり前のように夏海は言うと、身体を起こして腰を跨ぐ。

本当に壊れてしまったのか、彼女の淫華は今もドロドロの状態だ。むせ返るような淫臭を振りまく姫割れが、そっと亀頭に着地する。

「我慢なんかしないでくださいね……私の中をご主人様の精子でいっぱいにしてください……あ、あああっ！」

柔肉が剛直を食い締めて、すぐに子宮口を押し付けられる。

夏海は身体を弓なりにして、浅黒い肌を細かく震わせた。つつましい美乳の頂点では、破裂しそうなくらいに乳頭が膨らんでいる。

「ああっ、すごいです……たまらないですっ。奥がいっぱい押しつぶされてぇ……はぁ、ぁあ、淫乱ま×こがまた壊れちゃいます……！」

だらしなく開いた唇から、はしたない言葉を漏らす夏海。すぐに腰を前後に揺らし、さらには上下に蜜壺を打ち付けてくる。ぐちゃぐちゃと猥褻な粘着音が狭い室内に響き渡った。

（これ、奉仕されてるってより、チ×コを貪られているような……立場が逆だと思うんだけど……っ）

彼女の先天的な歪んだ好色さに、悠一は呆気に取られるしかなかった。

第四章　淫ら熟女の肉体に溺れて

1

静かな夜、瑠奈はベッドに入って天井を見つめていた。

明日は仕事なのだから、早く眠りにつかなければならない。しかし、眠気は未だに訪れる気配がなかった。

（私は……やっぱりこの仕事に向いていない……）

数え切れないくらい繰り返した自問は、その度に同じ答えにたどり着く。答えに抗（あらが）う気力すらもはやなかった。

（そうよ……私はともかく、みんなに……子どもたちに迷惑をかけてしまう。それだけは絶対にダメ……もう許されない……）

今の保育園に転職して二年が経つが、自分が成長している実感はない。

過去が瑠奈を蝕んでいた。これに取り憑かれている以上は、前になど進めないのだろう。そもそも、転職したことだって、新天地を求めてというよりは、単に逃げるためのものだったのだ。

（人を信じられずに、子どもを怖がっている……そんな私がこの仕事を続けていいはずがない……）

瑠奈が今の保育園に来た理由。それは、前の勤務先での失敗と、それに対する周囲の四面楚歌に耐えきれなくなったからだ。

瑠奈はあるクラスを担当していた。当時は四苦八苦しながらもなんとか保母としての職務を全うし、やりがいからの充実感も得ていた。最初の頃は。

だが、クラス内で園児同士の大喧嘩があり、当事者の子どもはもちろん、周囲にいた子どもたちまで怪我をしてしまったのだ。

（あの時、私がしっかりと気をつけていなかったから……予兆はいくつもあったはずなのに……）

前兆となる出来事はいくつかあった。その時になぜうまく指導することが出来なかったのか、後悔してもしきれない。

当然、大問題になり、瑠奈は保護者会で徹底的なつるし上げを受けることになる。浴びせられた言葉は辛辣で、今も思い出すだけで身体が震えるほどだった。

(そして……誰も私に味方しなかった。保護者の人たちと一緒になって、先生たちまで私を責め立てた……)

保護者たちの手前、庇えないのはまだわかるし、叱責されるのは当たり前だ。

だが、園長を筆頭にした職員たちは、瑠奈を必要以上に貶して蔑み、人間としての自分そのものを否定してきた。

(だから私は逃げた……あそこに居続けたら、自分が壊れてしまうと思ったから。だから……もう一度、違う保育園で頑張ろうと思ったのに……)

瑠奈が思っていた以上に傷は深いらしく、今も思ったように保育士として職務を全う出来ていない。

瑠奈はいよいよ限界が近づきつつあった。

(私なんて……本当にダメな女。やり直すことも出来ずに……また逃げるしかないんだもの)

玄関脇に吊るした鞄には、先ほどしたためた一枚の紙が封筒とともに入れてある。

まさか、これを二回も書くことになるとは思わなかった。

(私の夢が終わっちゃった……今まで、何のために頑張ってきたんだろう……)

じわりと感情がこみ上げて、鼻の奥がツンとする。

(それに……もう彼にも……笠間さんにも会えなくなっちゃう……でも、それでいいんだ。私なんて彼には相応しくない……足手まといになっちゃう……)

目頭が熱くなり、常夜灯に照らされた天井がぼやけ始める。

あまりの情けなさで胸の痛みを感じた瞬間、一滴二滴と涙の粒がこめかみを流れた。

「うう……うぐっ……うぅ……」

静かな室内に自分の嗚咽だけが小さく響く。頭まで布団を被った瑠奈は、涙をしばらく止められなかった。

2

気温は日に日に下がり、肌寒さを感じるようになっていた。

いつものように莉乃葉と手を繋いで園へと向かう悠一は、緊張した面持ちで前を見る。

(今日こそ瑠奈先生に気持ちを伝えないと……いい加減、白黒つけるぞ……っ)

散々悩んだ末、悠一は瑠奈に気持ちをぶつける決意をした。

真梨子や美咲、夏海に相談すると、全員が応援してくれた。ただし、それぞれと身体を重ねながらの相談だったので、形式的には最低であったが……。

「……お兄ちゃん、今日変だよ？　どうしたの？」

首を傾げて莉乃葉が尋ねる。子どもから見ても、今の自分は異常らしい。

「うん……ちょっとね」

さすがに理由までは伝えられない。かと言って無視するわけにもいかず、悠一は短く答えるしかなかった。

「うーん……そっかぁ」

莉乃葉はそう言うと、それ以上は詮索してこなかった。無言になって悠一と一緒に前を見る。自分の妹ながらに、ずいぶんと出来た子どもだな、と思った。

(莉乃葉にまで気遣いさせるのは、兄貴としてさすがにマズい。なんとかしてすっきりしないと……っ)

そんなことを考えている内に、気づくと保育園の目の前までやってきていた。

いつも通りにポツポツと園児たちが登園している。そして、園門には瑠奈がいた。

普段と何も変わらない光景だが、そんな中でも悠一は瑠奈の変化にだけはしっかりと気がついていた。

（一ノ瀬先生は今日も元気が無いな……日に日にやつれているように見える……）

数ヶ月前まで感じられた、春の太陽のような柔らかさと明るさは見る影も無い。あからさまな作り笑いを顔に貼り付かせる様は、端から見ていて痛々しくすらあった。

（こんな状態の彼女に……本当に言っていいのだろうか）

精神面で何かを抱えているのは想像に難くない。イエスだとかノーだとかの以前に、恋愛事を考える余裕など無いのではないか。

（……いや、今日言おう。それでダメならそこまでだ。先生には悪いけど、僕はもうこれ以上もやもやした気分ではいられないっ）

悠一は自分を奮い立たせる。もうこれ以上、逃げるのは嫌だった。

「おはようございます、お二人とも」

悠一たちに気づいた瑠奈が挨拶をしてくる。

莉乃葉はいつも通りに瑠奈に抱きつき、キャッキャと嬉しそうな声を上げた。そんな妹の頭を、瑠奈は優しい手付きでゆっくりと撫でる。ただし、表情には何らかの影が色濃かった。

「一ノ瀬先生。……お話ししたいことがあります」

悠一は意を決して瑠奈に言う。瑠奈の手が止まり、少し驚いたような顔でこちらを見てきた。

「お話……ですか。えっと……子どもたちのお出迎えが終わってからでもいいですか？」

困惑する瑠奈だったが、そこに真梨子がやってくる。その顔には意味深な微笑みが浮かんでいて、すべてを理解している様子だった。

「一ノ瀬先生、ここは私が代わるから。お話ししてきてください。応接室が空いているから、そこを使っていいわ」

そう言って、ちらりとこちらに視線をむけてくる。

（しっかりやれ、ってことか。勤務時間中なのに、ありがたいな……）

いよいよ後には引けなくなった。悠一は静かに大きく息を吸ってから、真梨子にコクリと頷きで返す。

「副園長……ありがとうございます。ごめんね、莉乃葉ちゃん。ちょっとお兄さんとお話してくるね」

しがみつく莉乃葉の腕を優しく解く。

莉乃葉はつまらなそうに頬を膨らませ、恨めしい目で悠一を見上げていた。

（莉乃葉、ごめんな。僕にとっては人生で一番重要なことが始まるから……）

「それじゃあ……どうぞこちらに……」

瑠奈はそう言うと、園舎に向かって歩き出した。

悠一はその後をついていく。一歩踏み出すたびに胸の鼓動が激しくなり、やがてはうるさいくらいに体内に響いた。

応接室は職員室脇のところにあった。室内は殺風景で、ローテーブルを挟んで安物の合皮のソファーが向かい合っている。

静かに鍵をかけた瑠奈が、上座にあたるソファーを勧めてくる。

「どうぞそちらにお掛けください」

悠一は頭を振った。伝えなければならないことは、悠長にソファーに座って話すようなことではない。

悠一の様子に瑠奈も違和感を持ったのだろう。柳眉をハの字にして、どこか怯えるような視線で俯（うつむ）いた。豊かに盛り上がった胸に乗せた手が、わずかな震えを見せている。

「一ノ瀬先生、僕は先生にどうしても伝えなければならないことがあります」

いよいよ想いを告げる時が来た。心臓の脈動はこれ以上ないくらいに速くなり、熱くもないのに額や首筋に汗が滲む。

思えば、女性に告白するなどこれが初めてだ。皆、これだけ大変な思いをして女性と特別な関係になってきたのだろう。ならば、自分もその仲間入りを果たさねばならない。

大きく一つ深呼吸をする。不安や緊張、恥ずかしさを押し殺し、しっかりと双眸を瑠奈に向けた。

「あのっ……突然かもしれないけれど……僕、ずっと前から一ノ瀬先生のことが」

「待ってください」

一世一代の告白は、なんと瑠奈によって遮られた。

予想していない展開に、悠一はぽかんと口を開けて立ちすくむ。

瑠奈は悠一に視線を合わせようとしない。困惑の表情を浮かべて、顔を俯かせるだけだった。

（ああ……やっぱりダメか……）

フラれる覚悟はしていたものの、現実になると結構キツイ。告白前の勢いの良さはすっかり消え失せて、代わりに強烈な恥ずかしさがこみ上げた。

「すっ、すみませんでした、授業前にこんなこと……僕、もう行きますね」

いたたまれなくなった悠一は、早口でそう言ってから部屋のドアへと手を伸ばす。

「ああっ、違うんですっ。待ってくださいっ」

瑠奈が再び制止をしてくる。その必死な様子に、悠一はわけがわからなくなった。

「一ノ瀬先生……？」

悠一が呼びかけるも反応はない。だが、細い肩が微かに震えているのがわかった。

それはいったい、何を意味するものなのだろう。

「……私なんか好きになったらいけませんよ」

ポソリと瑠奈が呟いた。伏せていた視線がこちらを向いてくる。表情はなぜか微笑んでいた。ただし、ただの微笑みではない。何かを諦めたような、見ているだけで悲しみが伝わってくるような、そんな自嘲めいたものだった。

「笠間さん、私に幻想を抱いていますね。私が優しくてお淑やかな女だと思ってるんでしょう……ごめんなさい。私はそんな大した女じゃない。それどころか、ろくでもないバカ女なんですよ……」

瑠奈はそう言うと、顔を上げて悠一へと近づいてくる。整った顔立ちは、少しやつれたものだった。

突然、艶やかな長い黒髪が宙に舞う。彼女がポニーテールを解いたのだ。シャンプーを思わせる甘い香りが鼻腔を掠めた。

「笠間さんが未練を感じないように……本当の私を見せてあげます。私を好きだなんていうおかしな気持ち、一気に霧散させてあげますね……」

黒いオーラを放つ瑠奈がエプロンを脱ぎ捨てて、いきなり服をめくりあげる。

清楚さを感じる薄い水色のブラジャーが現れた。中には柔らかそうな乳肉がみっちりと詰まって、深い峡谷を形成している。

だが、それも一瞬の光景だった。瑠奈はカップを一気にずらす。

ぶるん、と音が立つかの如く白い豊乳が大きく弾んだ。きれいな釣鐘型を描いた豊乳が、その姿を完全に露出する。

「一ノ瀬先生っ、な、何を……っ」

常識から逸脱した瑠奈の行為に、悠一の声は上擦った。

手を掴んで止めるべきなのだろうが、身体は少しも動かない。情けないことに本能だけは俊敏で、突き出された蜜乳をフォーカスした。

(柔らかそうだけど張りもあって……ああっ、乳首まで完全に立ってるじゃないかっ)

真っ白な乳肌は滑らかで、上質なシルク生地を思わせた。

頂点で膨らむ乳頭は小指の先より若干小さい。周囲に広がる乳暈は真円に近く、五百円玉より一回りほど大きかった。

「好きに見ていいんですよ。それに……おっぱいだけじゃないですから」

瑠奈の手がチノパンの腰回りに引っ掛けられる。ボタンとファスナーを外すとともに、なんとパンツごと滑り落とした。

「うわっ」

無意識に声を上げてしまう。続けて、呼吸も忘れて見入ってしまった。

（なんて綺麗な身体なんだ。太もももアソコの周りも、本当に真っ白で……）

太ももは白い肌に覆われて光り輝くように美しい。程よくむっちりとしているのが、男の情欲を誘ってくる。

聖域の前面は柔らかい曲面で、淡く滲むような翳りが切れ込みの上部のみに添えられていた。

（ヤバい……この状況の意味がわかっていないのに……ああ、勃起してしまうっ）

フラれたにも関わらず、その相手の痴態に興奮が抑えられない。本来ならば止めるべきなのに、まじまじと視姦してしまっていた。

結果、若い本能は素直に反応し、あっという間にズボンを突き抜ける勢いで肥大してしまう。

「……勃ってますね。こんな頭のおかしいことしても、大きくするんだ」

憐憫とも嘲笑とも取れる言い方で瑠奈は言う。

悠一は恥ずかしさのあまり身をよじった。

だが、次の瞬間、彼女から壁へ押しやられてしまう。

「逃げないでください。生理現象なんだから仕方がないですよ……」

瑠奈が至近距離から見上げてきた。弾むように揺れるたわわな乳房が、音もなく静かに胸元に密着してくる。

(服越しで柔らかい……って、そうじゃなくって)

脳内を支配しかけた煩悩を、頭を振って払おうとする。

が、魅力の塊である瑠奈の裸体は逃してはくれない。赤らんだ相貌と甘ったるい香りとも相まって、より勃起が脈動するだけだ。

「……ヒクヒクしてるのが、見ているだけでもよくわかりますよ」

微笑みは卑猥というよりは必死さを感じるものだった。

悠一は今一度、瑠奈に止めるように言おうとする。

しかし、それよりも先に彼女の手が動いた。

「うぐっ……一ノ瀬先生……あぁっ」

瑠奈が股間のテントを撫でてきた。触り方はぎこちなくて慣れているとは言い難い。だが、愉悦を感じるには十分すぎる刺激だった。

「今、気持ちよくしてあげますからね……それで私のことは……」

瑠奈はそう言うと震える指先でズボンのファスナーを引き下ろす。パンツの前開きに指を入れ、いきり立つ肉棒を取り出した。

「……っ」

露出した勃起に瑠奈の動きが一瞬止まる。目が見開かれて瞳が点になった。

（一ノ瀬先生？）

大胆なことをしたくせに、肉棒くらいで驚くとは不思議だ。自分のペニスの見た目や大きさが特殊だという自覚はない。

「こ、こんなに大きくして……こ、困ったおち×ちんですね……っ」

瑠奈が勃起を右手で摑む。少しひんやりとした指が絡みつき、疑問は快楽に押し流された。

「すごいビクビクして……ああ、すごい……」

溢れ出たカウパー腺液を潤滑油にして、ゆっくりと慎重な手付きで擦過してくる。

先に関係している三人と比べて、その動きはあまりにも拙い。しかし、瑠奈が乳房と下半身を晒して手淫をしてくるというだけで、狂おしいほどの喜悦が体内を駆け巡った。

（こんなことさせて……本当は止めなきゃいけないのに……っ）

良心は本能の前ではあまりにも無力だ。肉棒は痛いくらいに反り返り、いつの間にか自分から腰を前後させてしまっている。

「はぁ、ぁ……ああ……気持ち、いいですか……？」

瑠奈が不安そうに上目遣いで尋ねてくる。白い乳肉がぽよぽよと柔らかくひしゃげていた。よくよく見ると、彼女の下半身もわずかながらに揺れている。張りを湛えた太ももをぴったりと閉じて、もぞもぞとすり合わせていた。

（一ノ瀬先生が……エッチな反応をしているなんてっ）

瑠奈がなぜこんなことを始めたのかはわからない。わかるのは、彼女の卑猥な姿は気がおかしくなりそうなくらいに刺激的ということだ。

「うぐっ……一ノ瀬先生、ちょっと待ってください……このままだと僕……」

想い人の猥褻さに怒張はもう限界だ。破裂しそうなほどに肥大して、先走り汁を絶えず垂らし続けてしまう。

「い、いいですよ……出したいなら……このまま出させてあげますから」

一瞬だけ戸惑いを見せる瑠奈だったが、すぐに手淫を速くする。若干の痛みすら至福に変わり、悠一は両手に握りこぶしを作った。堪えることなど、もう無理だった。

「うあ、あっ……出ます……出る……ぐぅっ！」

ズンッと腰を突き出すとともに、肥大した欲望が一気に迸る。

「ひゃあっ。す、すごい……っ」

大量の白濁液が引き締まった腹部を汚していく。濃度の高さを証明するように、垂れ落ちる動きはゆっくりだった。

（うう……こんな形で一ノ瀬先生に射精するなんて……）

長い射精がようやく終わって、悠一は絶望と情けなさに襲われる。

園内は登園時のざわつきが消え去って、嘘のように静かだった。

「……すっきりしましたよね。もういいでしょ」

瑠奈は人が変わったように冷たく言うと、投げ捨てるかのように肉棒を手放した。

半勃ち状態のペニスはピクピクと震えていて、鈴口からは内部に残っていた残液が長い糸を引いて垂れ落ちる。

「……い、一ノ瀬先生」

力ない声で名前を呼ぶが、瑠奈は何も反応しない。

腹部に浴びせられた精液を、部屋に備え付けていたティッシュで拭き取り、脱ぎ捨てた衣服を身に着けてしまう。

立ちすくむ悠一と一切視線を合わせず、だらしなくぶら下がったペニスを拭いてくる。さらには脱ぎおろしたパンツとズボンまで引き上げて、ベルトまで止めてきた。

「……笠間さん、諦めてください。私なんかを恋人にしようだなんて、馬鹿げた考えは捨ててください」

はしたない素振りが嘘であったかのように、瑠奈は毅然とした態度で悠一に言う。

「私はこういう女なんですから。もっとまともな女の人を見つけてくださいね」

瑠奈はそう言って、応接室を出ていった。

一人残された悠一は、微動だにしないで立ち尽くす。

フラれたショックと射精の余韻、意味のわからない瑠奈の言動。それらが重なり混ざり合い、経験したことのない絶望感となって悠一を襲った。

3

夜、悠一は再び保育園を訪れていた。

と言っても、保育園自体に用事があるわけではない。その隣、保育園と敷地を同じにする真梨子の家に呼ばれたのだ。

「見ていました、悠一さん。まさかあんなことになるなんて、私も予想外でした……」

真梨子は困惑した様子で悠一に言う。

彼女は自分たちのことが気になって、応接室の中をこっそり覗いていたらしい。

ふしだらなシーンを他人に見られるのは気まずいし恥ずかしい。だが、それを圧倒的に凌駕する状況に、悠一はいっぱいいっぱいの状態だった。

(な、なんで……真梨子さんどころか美咲さんや夏海先生までいるんだよ……)

真梨子の家のリビングには、悠一と肉体関係にある四人が腰を下ろしていた。

「意味がわからない、って顔をされていますね」

真梨子がいつもの優しい微笑みに戻って言った。

「悠一くん、私たちがお互いにあなたとのエッチな関係に気づいていないとでも思っていたの？」

しっとりとした声で美咲が小さく笑う。

「女の直感と横の繋がりをナメちゃいけないわ。それに……悠一くんは嘘をつくのが下手というか、態度がわかりやす過ぎるんですもの」

「そ、そうですか……？」

震えた声で悠一が言うと、三人の女は「うん」と揃って首肯した。

「ご主人様、ごめんなさい……ご主人様の知らないところで私たち、しっかり繋がっていたんです。それで、どうしたら一ノ瀬先生と関係を深められるのかとか、ご主人様に喜んでもらうにはどうすればいいかとかを話し合ってて……」

少し言いにくそうに夏海が告げた。真梨子たちの前で当たり前のように「ご主人様」呼びするのだから、彼女の発言は本当なのだろう。

皆、今朝の出来事を知っている様子で、一様に慈愛とも哀れみとも取れる表情を向けている。

さらに悠一を困惑させるのは、三人それぞれの格好だった。

(どうしてみんな下着姿……それも、どぎついのばっかり……っ)

真梨子はクリーム色で裾の長いキャミソールを付けていた。もちろん、ただのキャミソールではなく、生地が透けた代物だ。よくよく見るとブラジャーを付けていない。たっぷりとした乳肉とやや大きめの乳首がはっきりと視認できる。

（美咲さんは緑色に黒い刺繍の下着だけど……めちゃくちゃ高そうだな……）

一目で高級だとわかる代物は、白い美咲の肌に美しく映えていた。レースだったり布面積が極端に小さかったりもしない、一見すると普通の下着だが、それがかえって淫靡さを漂わせている。

（そして……夏海先生、なんて格好してるんだ……っ）

三人の中で一番過激なのが夏海であった。純白の下着はすべてがレースになっている。乳房や乳首はもちろんのこと、股間が無毛であることもまるわかりだ。黒い肌と真白の生地との対比が妖艶なことこの上ない。

「ご主人様からの告白を受け入れないだなんて……一ノ瀬先生、なんて失礼な女なのかしら……」

夏海は吐き捨てるように言うと、悠一のほうを見る。表情が一気に変わって、完全に情事で見せる牝の顔になっていた。

「しかし、びっくりしたわ。まさか柏原先生を牝奴隷にしちゃうだなんて……悠一くんもずいぶんと成長したわね。ふふふ……」

小さく笑った美咲も視線を向けてきた。情欲を宿した瞳は妖しい潤みをたたえて光っている。

(美咲さんが知ってるってことは、真梨子さんも知ってるってことだよな……てか、みんなお互いに僕とエッチな関係だって知ってるのに、どうして文句も何も言わないんだ……?)

「なんで私たちが悠一くんのヤリチンぶりを非難しないかって?」

美咲がずいっと身を乗り出して、蠱惑的な笑みを浮かべてくる。相変わらず心を読んでくるのだから恐ろしい。

「そんなの……私たちが悠一くんに骨抜きにされているからに決まっているでしょう。同族意識ってやつかしらね」

「本来、悠一さんがしていることは許されることじゃないけれど……みんな悠一さんが好きで応援しているんです。だから、対立する必要や要素なんてないでしょ」

美咲と真梨子がそれぞれに言い、夏海がうんうんと頷いている。

当事者である悠一だけが全く理解出来ていなかった。

(女の人って、そういうもんなの……? それとも、この三人が普通じゃないってこと……? たぶん、そうだよな。こんなこと、普通はありえないよな……)

「普通じゃないの。私たちは狂っちゃったの。そうしたのは悠一くん、あなたなんだからね」

悠一の疑問を把握(はあく)した美咲が決定的な事実を口にする。

だが、その口ぶりには怒りや蔑みなどは微塵もなく、至福に浸った甘ったるいものだった。

「そうですよ。私たちはみんな、悠一さんの味方です。今日だって悠一さんのためにみんな集まったんですから」

真梨子はそう言うと、一枚の封筒を目の前に差し出した。

「これは……ええっ」

白い封筒の真ん中にはきれいな字で『退職届』の三文字があった。見間違うはずがない。明らかに瑠奈の筆跡だ。

「そんなっ……一ノ瀬先生が辞めるって……」

絶望に叩き落された悠一はぽかんと口を開けて硬直した。いくらなんでも急すぎる。脳内までもがフリーズした。

「……悠一さん」

真梨子は急に真面目な顔になると、悠一を正面から見据える。

「一ノ瀬先生は苦しんでいます。もう彼女は限界です。だから……あなたが救うんですよ」

「僕が……救う？」

悠一が呟くと、真梨子だけでなく他の二人も同時に頷く。三人ともに何かを理解している様子だった。

「言ったじゃないですか、ご主人様。一ノ瀬先生はご主人様が好きだって。実は相思相愛なんだって。今日だって一ノ瀬先生は、内心では間違いなくめちゃくちゃ嬉しかったはずですよ」

「一ノ瀬先生は自分自身に自信を持てていない。だから、悠一くんに告白されても、それを受け入れることが出来なかった。きっと、悠一くんに自分みたいな女は相応しくない、とでも思っているのね」

「その意識を……悠一さん、あなたが変えるんです」

三人がそれぞれに真剣な面持ちで言ってくる。

悠一はハッとした。手をこまねいては、取り返しのつかないことになる。

(今、もう一度動かないと、一ノ瀬先生はどこかに行ってしまう。それだけじゃなく、いつまでも自信を持てずにトラウマを抱えて生きていくことになってしまうんだ……

っ）

瑠奈が影のある人生を送ることだけは耐えられない。それだけは何としても回避させたかった。自分の想いが成就することより、よっぽど重要なことだ。

だが、悠一は一介の大学生にすぎない。自分もまた自信など持ち合わせていなかった。

「僕に……それができるんでしょうか」

視線を落として呟くと、ふふっと笑う声が聞こえた。真梨子に美咲、そして夏海それぞれのものだ。

「……だからですよ。私たちが今からその自信をつけてあげるんです」

「えっ……うわっ！」

突然、押し倒されると、真梨子がマウントするような体勢で覆い被さってくる。

瞳は優しげだが濡れていて、情欲の炎を宿していた。真っ白な肌と垂れた艶やかな黒髪からは、なんとも言えない甘い香りが漂ってくる。

「悠一さんは押しというものが足りないですね。女っていうのは面倒くさい生き物で、ただ優しくされるだけじゃ満足できないものなんです……」

妖艶に笑う顔が間近に迫り、悠一は思わず唾(つば)を飲み込んだ。

だが一方で、股間への血流は止まらない。あっという間に肥大化して、ズボンを突き破らんばかりのテントを形成してしまう。

「ふふっ……今日はとことん牡になってもらいますね。私と美咲さん、柏原先生とで、悠一さんを逞しい牡へと開眼させてあげます」

覆い被さる真梨子の両脇から、美咲と夏海が顔を覗かせる。皆、一様に蕩けた顔をして、発情の吐息を繰り返している。

もうじき冬だというのに、室内の熱気は増していた。空気には独特の粘度が生まれていて、悠一の肌はもちろん、意識や思考にまで絡みついてくる。

「さぁ、覚悟してくださいね……休憩はなしですよ」

低い声で真梨子が言うと、間髪入れずに潤んだ唇を押しつけられた。すぐに舌を挿入されて、唾液を入れられかき混ぜられる。

「んぐっ……んんっ……真梨子さん……ふぐっ」

「はぁ、ぁ……ダメですよ、されているだけじゃ。悠一さんからも舌を絡めて。ねぇ、早くぅ……」

真梨子の口づけは情熱的だった。両手で顔を挟んでは、舌を目一杯にねじ込んでくる。

（ああ、ダメだ……もう酔ってしまう。今朝、あんなことがあったのに、抑えられなくなってしまう……っ）

自分を童貞から脱させて、女の甘美さと情交の至福を教えてくれた舌使いに、もう悠一の理性は溶け始めていた。

キャミソール越しに触れてくる柔乳の感触もたまらなく、勃起ははち切れてしまいそうなほどだ。

「うふふ……悠一くんも脱がないと。みんなで裸で一つになるんだからねぇ……」

美咲がそう言って、悠一のシャツのボタンを外し始める。

シャツが開けられると、肌着を捲られて手のひらが滑ってきた。くすぐったさと心地よさが一緒になって、なんとも言えない感触に身震いする。

そして、脇腹から不意にぬめった舌の感触が訪れて、たまらず「ひっ」と声を上げてしまう。

「あぁ……今日もご主人様が気持ち良く、いっぱい精液出せるようにしっかりご奉仕いたします。はぁ、ぁ……ご主人様の肌、好き……おいしいです……」

夏海が大胆に舌を使って、脇腹から胸へと舐め続けてくる。柔らかくて温かい軟体物に肌を濡らされる感覚は、あまりにも官能的だ。

（うう……三人一緒にされるだなんて……。開眼する以前に、精根尽き果ててしまうんじゃないか……）

異常な愉悦の波に漂いながら、悠一はこれから始まる淫宴に期待と寒気を感じた。

4

真梨子は悠一との熱烈なキスに酔いしれていた。

絶えず舌を絡めては舌全体をねじ込んでいく。

（ああっ、悠一さんとのキス、とっても素敵だわ……）

自分は一回り以上も年上だというのに、悠一はしっかりと舌戯を返してきてくれる。

それが真梨子にはたまらなく嬉しくて、一時も唇を離したくなかった。

（もうこれで最後になっちゃうかもしれない……だから、今日は今まで以上にしっかりと愛し合わないと……）

瑠奈から退職届を提出されて、応接室での猥褻行為を目撃したあと、真梨子は他の二人に声をかけていた。

このままでは瑠奈も悠一も幸せにはなれない。特に、瑠奈は再起が出来なくなると思ったのだ。

(事情を知っている二人に声をかけて正解だった。みんな、一生懸命に悠一さんを鼓舞しようとしてくれている)

舌を絡ませ合う自分たちの両側から、美咲と夏海は絶えず悠一を愛撫している。

女三人から同時にこんなことをされているのだ。一度は瑠奈を諦めかけた悠一も、さすがに再起してくれるだろう。

(一ノ瀬先生と上手くいったら、こんなことはもう出来ない。だから……応援の意味も込めて、精一杯気持ちよくしてあげるっ)

真梨子は長かったキスを解くと、キャミソールを脱ぎ捨てた。

豊かすぎる乳房が露わになって、柔らかさを誇示するように大きく跳ねる。

「ああ、副園長先生のおっぱいすごい。羨ましくなっちゃう」

美咲が悠一の上半身を撫で回しながら、恍惚とした様子で呟いた。

夏海は悠一の胸を舐めながら、驚いた様子でこちらを見てくる。

(ああ、見られてる……自分のはしたない身体を……保護者と部下の先生にしっかりと眺められている……っ)

羞恥が興奮に変わって、背筋からゾクゾクとしたものが走り抜ける。

じゅん、と股間に熱さが増して、子宮の辺りが切なく疼いた。疼きは蜜壺に伝播して、挿入時の圧迫感を求めはじめる。

「ああ……ダメ……キスしかしていないのに、もう私……っ」

沸騰した牝欲が意識と思考を支配する。乳房をさらけ出すだけでは、もはや満足など出来るはずがない。

（みんなに見てもらうの……悠一さんのたくましいおち×ちんで気持ちよくなっている私を……）

いつもと同じかそれ以上に喘ぎ乱れる予感があった。興奮の度合いは今まで以上だ。

「悠一さん、もういいですよね。ふふっ、こんなに苦しそうにして……」

自然と妖しい笑みを浮かべて、真梨子は器用にベルトを外した。

未だに悠一は慌てている様子であったが、特に抵抗する素振りはない。もっとも、抵抗したところで無理やり挿入するだけであるが。

「腰を浮かせてください……えいっ」

パンツごと一気に下半身を引きずり下ろす。

瞬間、鋼の硬さとなった反り返りが、ぶるんと音を立てるかのごとく飛び出した。

（ああっ、こんなに大きくカチカチにして……亀頭もパンパンにしてくれてる……）

そびえ立つ肉棒は、牡の欲望が漲っていた。太い血管を何本も浮かび上がらせて、ぽっかり開いた尿道口からカウパー腺液を垂れ流している。

「ああ、すごい……何度見てもたまりません……」

呂律の怪しい口調で威容を褒めれば、根本から大きく脈動した。

自らを牝として求める反応に、もう姫割れは限界だ。

「悠一さん……ああ、もう我慢できないですっ」

真梨子は感極まったように叫ぶと、唯一残っていたパンツを脱ぎ捨てる。

勃起の裏筋に牝口を押し付けて、そのまま前後に揺すってみれば、峻烈な甘美が脳天を貫いた。

「ああっ、気持ちいい……はぁ、ん、すごい擦れますぅ……」

卑猥な音色がグチャグチャと鳴り響く。

悠一はもちろん、美咲も夏海も自分の股間を見つめていた。皆が発情の瞳を輝かせ、羨望の眼差しだ。

「うあ、ぁ……真梨子さんの、めちゃくちゃ熱いです……」

悠一が軽く仰け反りながら震えた声で言ってきた。姫口での愛撫は十分に気持ちいいらしいが、それ以上に真梨子が愉悦に飲み込まれていた。

（ああっ、やっぱりいつも以上に感じちゃうっ。濡れ具合も今まで以上で……うぅ、もう来ちゃう……っ）

膨れきった牝芽が肉幹を滑り、微膜が剛直の表面に吸着する。それだけで喜悦は肥大し続け、本能が勝手に腰を動かしていた。

「ああっ、はぁ、ぁ……！　ごめんなさい、イっちゃいます……ああっ、イくっ、イくぅ！」

姫割れから愛液がこぼれ落ち、若竿の上で股間が跳ねる。絶頂で白い肌にはじわりと汗がにじみ出た。

（まだ素股で擦っただけなのに、こんなにも簡単にイっちゃうなんて……ああ、どれだけ私、興奮しているというの……）

霞がかった視界の中では、三人が自らの艶姿を見つめていた。絶頂を観察されたことに、またしても牝欲がこみ上げてしまう。

「真梨子さん……うくっ！」

突然、悠一が名前を叫ぶ。その瞬間、果てた媚肉の隘路に強烈な圧迫感がやってきた。

「ひぅ、っ……い、今はまだ……あ、あああぅん！」

真梨子の願いは受け入れられない。蜜壺の最奥まで、剛直が一気に押し込まれた。

(ダメっ……今、こんなのいきなり入れられたら……っ)

亀頭と子宮口とが密着し、目の前がフラッシュした。一度だけではない。二度三度と立て続けだ。

「ほら、悠一くん。そのまま真梨子さんを気持ちよくしてあげなさい」

美咲が淫蕩な笑みを浮かべて悠一に囁く。

「今日はあなたを精神的に鍛えるためにみんな集まったのよ。悠一くんの男としての力強さを、まずは真梨子さんに与えてあげて」

美咲の言葉に悠一がコクリと頷く。

瞬間、彼の両手が細腰を摑んだ。続けて、剛直が真梨子の聖域を掘削し始める。

「ひぐっ！　あ、ああっ……それダメっ、今はダメぇ！」

おとがいを天井に向けて真梨子は叫ぶ。絶頂を経たばかりの肉体には、あまりにも激烈な喜悦だった。

「うう、真梨子さんの中、相変わらずトロトロふわふわで気持ちいいですっ」

悠一は真梨子の訴えを無視して、肉棒の突き出しを止めようとしない。

掻き出される愛液と汗とに濡れた肉同士がぶつかって、バチュバチュと卑しい音が響き渡る。

(本当に気持ちいいっ。こんなの続けられたら、私、今まで以上におかしくなっちゃう!)

悠一は歯を食いしばって、懸命に腰を突き上げ続けている。

そんな彼の両脇からは、二人の淫女がねっとりとした視線で見つめていた。卑猥な視線が、真梨子の牝欲をさらに燃え盛らせていく。

「真梨子さん、本当に気持ち良さそう……ああ、早く私も欲しい……」

「副園長……ああ、とってもエッチです……」

汗に濡れる肌と弾む豊乳、快楽に歪む顔をまじまじと見つめられ、羞恥が官能に変化していく。

蜜壺の収縮は強くなり、ことさら強く肉棒を食いしめた。牝悦が一気に跳ね上がり、脳内で原色の光が激しく明滅を繰り返す。

(ああっ、もうイっちゃう……さっきイったばかりなのに……さっきよりもすごいのが来ちゃう!)

「ああ、ああぅ! 私、もうイっちゃいます……あ、ああっ、うあぁぁ!」

自ら膣奥を押しつぶし、峻烈な喜悦に身体を硬直させる。

身体が重力を忘れたようにふわりとし、続けて四肢の先までが痺れとともに硬直した。

（ああっ、すごい……気持ち良すぎるっ。頭の中まで震えちゃうっ）

悠一の上で裸体を戦慄かせ、快楽の頂点に身を投げる。浮かび出た汗の雫が白肌を滑り、ポタポタと悠一の身体や周囲に降り注いだ。

「真梨子さん……ああっ、なんていやらしいんだっ」

悠一が感極まったように雄叫(おたけ)びを上げた。

濡れた細腰をしっかり摑んで、ズドンと肉杭を打ち上げる。

「きひっ！　ま、待ってっ、ダメっ、今は……ひっ、ひぃん！」

絶頂から意識が戻っていない状態で、膣奥で快楽が炸裂する。

悠一の突き上げは止まらなかった。むしろ、さらに激しさを増している。それは、まさに獰猛(どうもう)な牡の姿そのものだ。

（悠一さんが我を忘れている。私のことなんて無視して、快楽だけを貪ろうとしている……っ）

青年に視線を落とせば、彼は血走った目で自分を見つめていた。額やこめかみからは汗を流し、白い歯をむき出しにしている。その姿は必死そのもので、悠一は全力で真梨子を貪ろうとしていた。

(そんなに一生懸命になって私と……ああ、嬉しいっ。もっと私を貪って！)

牝として求められる悦びが真梨子の意識を沸騰させる。

余韻に浸る暇もない性交に、真梨子の身体は無意識に呼応した。

「ああっ、ああん！　いっぱい突いて！　私のことを、もっとぐちゃぐちゃに犯してぇ！」

卑猥な言葉を叫んだ真梨子は、再び腰を揺らし始める。

剛直と媚肉が絡まるように、前後左右に股間を振った。溢れ出た淫液がグチュグチュと卑しい蜜鳴りを響かせる。

(ダメぇ！　こんなのおかしくなるっ。気持ち良すぎて、頭の中が破裂しちゃう！)

危険なまでの淫悦に真梨子の牝の本能は燃え盛る。

蜜壺だけでなく、全身を貪られたくて仕方がない。

真梨子は無意識に悠一の手を掴むと、強引に乳房に押し当てた。大きな手のひらで乳肉を握らせる。

「おっぱいも揉んでぇ！　奥までいっぱい捏ねてくださいぃ！」

淫らな願いを叫ぶと、すぐに悠一が蜜乳を握ってくる。

汗に濡れた柔肉は簡単に変形し、無骨な青年の指を包み込む。乳腺から愉悦が広がり、快楽がさらに上積みされた。

(気持ちいいっ、気持ちいい！ ああっ、もう私、止まらない……どこまでも求められたい！)

「真梨子さんのおっぱい、相変わらずふわふわで……ああっ、乳首もこんなに硬くしてっ」

興奮している悠一が、硬く実った乳芽を摘む。

鋭い喜悦が肢体を駆け抜け、真梨子は首を仰け反った。

「あう、ぅん！ もっと弄ってて、もっと乳首グニグニしてぇ！」

卑猥な懇願に悠一はすぐに反応した。

両方の乳首に指をかけ、そのままギュッと摘んでくる。さらには左右にねじっては、弾くように愛撫を繰り返す。

(もうダメぇ……気持ちよすぎてわけがわからない……ああっ、このままじゃまたイっちゃう……！)

激悦に身体を震わせ、感じるままに喜悦を叫ぶ。

蜜壺の中で剛直が力強い脈動を繰り返していた。間隔は徐々に切迫し、媚肉を絶えず叩いてくる。

「ううっ……僕、そろそろ限界ですっ。ああっ、このままじゃ出ちゃいます……！」

「出してぇ！　私も……ああっ、またイっちゃいます！　イかせてくださいっ、一緒に……一緒にイかせてぇ！」

本能が猛り狂って、激しく腰を動かした。

溢れ出た愛液は撹拌で白濁化して、濃厚な性臭を撒き散らす。

（イきたいのっ。悠一さんと一緒に……悠一さんの精子で思いっきりイかせてぇ！）

自ら膣奥を押し付けて、子宮口で亀頭を愛撫した。

瞬間、勃起が膨れた感覚のあと、最奥部を貫き硬直する。

「ああっ、出る……出るぅ！」

猛烈な勢いで子種液が噴出した。熱くて濃厚な牡液に媚肉が焼き付き、歓喜する。

「ああっ、イくっ……イっちゃう！　あ、ああっ、——っ！」

甲高い絶叫とともに、真梨子の裸体が跳ね上がる。

上半身を目一杯弓なりにし、その状態でビクビクと戦慄いた。乳肉が波打って、汗の雫が周囲に飛び散る。

「はぁ、ぁ……真梨子さん、素敵……」

「副園長……羨ましいですぅ……」

喜悦を極めた真梨子を見つめて、美咲と夏海がそれぞれに呟いてくる。

だが、真梨子にはその声を認識出来るほどの余裕は既にない。

(ああ、こんなにたくましく求めてくれて……犯してくれて嬉しい。これなら、一ノ瀬先生もすぐに悠一さんに染まっちゃうはずね……)

そんなことを思いつつ、真梨子は長い絶頂に漂った。

5

力尽きた真梨子が傍(かたわ)らへと崩れ落ち、悠一はそっと声をかけた。

「真梨子さん、大丈夫ですか？」

全身を汗に濡らして、はぁはぁと激しく呼吸を繰り返している。それでも、彼女はコクコクと頷くと、腕を伸ばして悠一に抱きついてくる。

「とっても……ものすごく素敵でしたよ。ああ、悠一さん……んちゅ……」

唇を重ねられ、柔舌を入れてくる。

感謝と優しさを内包した舌遣いに、射精直後の意識は蕩けた。このまましばらくはディープキスに酔っていたい。

だが、そんな空気は股間からの刺激ですぐに消え失せる。

「うぐっ……美咲さん……今は……ああっ」

美咲がいつの間にか移動して、半勃ちのペニスに舌を巻きつけていた。

彼女はピンクの舌を見せながら、妖しい笑みを向けてくる。

「真梨子さんだけで終わるわけないでしょ。次は私なんだから……」

陰嚢から先端へとねっとりと舐め上げられてから、亀頭が口腔粘膜に包まれる。そのまま根本まで咥(くわ)えられてしまった。

「ああっ、待って……ぐぅ、っ」

悠一は胸を掻きむしりたくなるような痛痒感に襲われるも、美咲の口舌愛撫は止まらない。

上下にゆっくりとストロークしては、肉柱の表面を丹念に舐められる。真梨子の愛液でベトベトだというのに、まったく意に介する様子はない。

「ふふっ、硬くなってきた……ほらほら、しっかりと勃起して？」

美咲の愛撫は濃厚だった。亀頭や裏筋を舐めながら、手のひらで陰嚢を揉んでくる。

さらには肉竿を上下に扱いて、陰嚢や太ももへとキスの雨を降らせてきた。

（ああ、そんなにチ×コを弄られたら……ううっ）

辛さと愉悦が一緒にこみ上げ、悠一は呻きながら顔を歪める。大人しくなどしていられず、傍らの真梨子に腕を震わせながらしがみついた。

「悠一さん、弱音を吐いちゃダメですよ。美咲さんと柏原先生にも頑張ってあげないといけないんですからね」

真梨子はしっかりと悠一を抱きしめて、キスでの繋がりを解こうとしない。チュッチュと唇や舌を啄んでは、舌を絡ませ口腔内を舐めてくる。

（二人ともエロすぎだよ……強引さを身につけさせるって、二人の方が圧倒的に強引じゃないかっ）

美咲のフェラチオは激しさを増している。

ジュプジュプと唾液をかき混ぜるようにして、何度も頭を上下に振った。その間に、時折淫靡な微笑みを向けてくるのだからたまらない。

「はぁ、ぁ……ご主人様の汗、美味しいです。全部、舐めさせてくださいぃ……」

夏海がたまらないといった感じで舌足らずに呟いた。

彼女は悠一の身体のあちこちを丹念に舐めていた。熱くて柔らかい舌が這い回る感覚に、ぞわりと肌が震えてしまう。

「ふふっ、完全に大きくなったわね。はあぁ……何度見てもたくましくて、本当に素敵……」

美咲は自らの唾液で濡れ光る勃起を眺めてうっとりとしていた。潤んだ双眸の中では情欲の炎が揺らいでいる。

「あぁ……見て。悠一くんとエッチ出来ると考えてたら……こんなに濡れちゃった……」

美咲は身体を起こして開脚すると、クッと股間を見せつけてくる。

緑色の高級ショーツのクロッチ部分に、あからさまなほどに濃いシミが描かれていた。もう吸収性を失ったのか、愛液は表面ににじみ出て、卑猥な水膜を形成している。

(美咲さん、なんていやらしい恰好なんだ……いくらなんでも大胆すぎるだろ)

誰もが羨むセレブ妻の本性は、色事に狂酔する痴女である。

だが、穢(けが)らわしさや下品さなどは感じない。むしろ卑猥になればなるほどに美しく、気品高くすらあった。彼女が持つ雰囲気がそうしているのだろう。

「ねぇ、私にも入れて……前戯なんていらないから、すぐに悠一くんのおち×ちんを感じさせて」

M字開脚の状態からゆっくりとショーツを脱ぎ始める。

シミ一つない美しい白い脚を薄布が滑った。恥丘が現れ恥毛が覗き、ついに美咲の陰部がさらけ出される。

「ああ、絹川さんのおま×こ……ドロドロになってます……」

口に出したのは夏海だった。発情に火照ったようなため息が一緒に漏れて、悠一の素肌を撫でる。

（本当だ……ああ、もうお尻までヌルヌルになってるじゃないか……っ）

美咲の姫割れは卑猥という言葉すら生ぬるいほどの状態だった。陰唇はぱっくりと開ききり、ヒクヒクと蠢く媚膜が丸出しだ。

「ああ、見られるのって恥ずかしいけど……はぁ、ぁ……なんだか興奮しちゃう。ねぇ、みんな……私のおま×こ、いっぱい見てぇ……」

すでに痴女の本能をむき出しにした彼女は、クッと陰部を三人へと突き出してくる。秘唇のみならずその周囲までもが、淫らな蜜液にまみれていた。濡れているというよりは、まとっていると言ったほうがいい。

「美咲さん、相変わらず……いや、いつも以上に今日はエッチですよ……」

一気に牡欲が高まって、屹立が大きく跳ね上がる。男根は一刻も早く、美咲の中へと侵入したがっていた。

「うふふ……悠一くんも早く入れたいのね」

淫蕩な微笑みを浮かべる美咲が、悠一の手を摑んで引っ張り上げる。

互いに脚を開いた状態で相対し、陰唇と剛直との距離が至近になる。

「私から入れちゃうね……ああ、本当にガチガチでエッチなおち×ちん……」

肉幹を少しだけ撫でてから、先端の角度を調整する。ビクつく勃起を指で挟み、そっと泥濘を密着させてくる。

「私のことも真梨子さんみたいにいっぱい犯してね……う、ううぅん！」

亀頭が姫割れに埋没し、雁首と肉幹が飲み込まれていく。

蕩けた淫膜が瞬時に絡みつき、圧倒的な柔らかさに襲われた。真梨子とは異なる法悦が全身を駆け巡る。

(ううっ……気持ちいいっ。ああ、全部入っていく……っ)

身体を小刻みに震わせながら、美咲は自ら股間を押し出す。

あっという間に勃起は媚肉に包まれた。行き止まりを感じた瞬間、キュッと蜜壺全体が締め付けを見舞ってくる。

「うぐっ……締められて……ああっ」

「ああっ、中が悠一くんでいっぱい。これが欲しかったんだからぁ……っ」

美咲の顔は喜悦に染まってだらしない。普段の彼女からは想像も出来ないはしたなさだ。

「動いちゃうからね……あ、ああんっ」

美咲が腰をゆっくり揺らす。それだけで彼女は卑猥な声を上げ、潤んだ瞳を細くした。

クチュクチュと淫猥極まる音色が響く。牝膜からは愛液が溢れ出て、悠一の陰嚢をじわりと濡らしていた。

（ゆっくり動かされているのに、めちゃくちゃ気持ちいい……チ×コ全体におま×こが吸い付いてくるっ）

美咲の媚膜は熱烈なまでに肉棒を歓待する。快楽を期待しているのと同時に、子種を期待しているのは明らかだった。

「ああっ、気持ちいいのっ。すごくいいところにずっと当たってて……あ、ああっ」

美咲の腰の動きは徐々に激しさと力強さを増している。

膣奥をグリグリと押し付けて、股間が上下左右に揺れていた。ついには円を描くように腰をくねらせ、自らの卑猥さをさらけ出す。

「絹川さんすごい……こんなにエッチな女性だったなんて思いませんでした……」

悠一にしなだれかかりながら、真梨子が恍惚とした様子で結合部を見つめている。先ほど盛大に果てたはずなのに、繰り返す吐息は発情の色が濃い。

「はぁ、ぁ……羨ましいです……はうぅ、ぅ……」

夏海も脇腹に頬を寄せながら、食い入るように直視していた。相当に興奮しているのだろう。背中や腕はうっすらと汗ばんでいて、彼女特有の甘い香りが濃厚だ。

「ダメぇ……今日すごくいいのっ。ああっ、みんなに見られて……みんなのエッチを見るって考えると興奮しちゃうっ」

痴女の本性を迸らせて、美咲がさらに蜜壺を押し付ける。

媚膜がギュッと肉杭を食いしめて、密度の濃い女蜜をこぼし出す。

「ううっ……美咲さん、そんなにチ×コグリグリしないでください……っ」

喜悦が途切れることなくこみ上げて、悠一は顔を歪めて訴えた。

「ダメですよ、悠一さん。このまま流されてちゃいけません。美咲さんにされるんじゃなく、あなたが美咲さんにしてあげないと」

真梨子が耳元で囁いた。熱い吐息で耳を撫でられゾクリとする。

「ほら、頑張ってください。そのたくましいおち×ちんで……美咲さんを目一杯気持ちよくしてあげて」

目の前の美咲は、蕩けた顔をしながら腰を振る。卑猥な女に成り果てた彼女に、煩悩が燃え盛った。

（美咲さんも欲しい……いつものように、いや、いつも以上に激しくしてもいいんだよな）

ここまで淫らな姿を晒しているのだ。美咲とて覚悟はしているはずだし、むしろそれを求めているはずだ。

再び牡欲を沸騰させた悠一に、もう迷いなどはない。

「美咲さんっ」

美咲の細腰を両手で摑んで、ググッと腰を突き出した。続けて、力強く腰を打ち付ける。

「うあ、ああっ！　そこ……そこいいの……あ、あああん！」

美咲は身体を反らして甲高い悲鳴を響かせる。

悠一は構うことなく貫き続けた。媚肉を押し割り、愛液を掻き出して、子宮口に己の獣性を叩きつける。

（ああっ、なんて気持ちいいんだっ。それに、ものすごくいやらしい匂いまでするっ）

対面座位の体位では結合部が丸見えだ。溢れ出した愛液は攪拌されて白濁と化し、むせ返るような淫臭を放つ。そこに美咲からの高級感のあるフレグランスが重なって、強烈な媚薬の香りとなっていた。

「ダメぇ！　そんなに突いちゃ……あ、ああっ、あああ！」

美咲の白い身体がビクビクと震え始める。全身の筋肉が硬直し、ぶわっと汗の雫を吹き出した。

「イっちゃうっ、あ、ああっ……イくっ、イくぅ！」

自ら膣奥を突き出して、大きく首を仰け反らせた。

膣膜が強烈に締まって、亀頭と子宮口とが苛烈に擦れ合う。

(まだだ……一回イっただけじゃ終わらせないっ)

悠一は腰の動きを止めなかった。絶頂に震える美咲を無視して、肉杭で彼女の聖域を掘削し続ける。

「ひっ、ひぐぅ！　イったのにっ、イったのにぃ……ああっ、あうぅっ！」

絶え間ない喜悦に美咲の顔はぐしゃぐしゃだった。柔らかいウェーブの髪が頬や額に貼り付いて、泣き出しそうなくらいに歪んでいる。

(美咲さんもエッチがしたいだけじゃなく、僕のために身体を差し出してくれている

んだ。だったら、それにしっかり応えなきゃっ）

獣欲と感謝を織り交ぜて、悠一は止まることなく美咲を貫き続けた。

青年の本能に、美咲はもはや流されるままだった。

（気持ちいいっ……ああっ、こんなのダメっ。おかしくなっちゃうぅ！）

悠一は絶えず肉棒を打ち込んでくる。自分との度重なるセックスですっかり肉体を把握したのか、彼の攻めは的確だった。

（私の一番気持ちよくて弱いところをずっと突いてくる。すればするほど、悠一くんとっても上手になってるっ）

もう美咲はろくに言葉も思いつかず、ただただ快楽を叫ぶだけだ。

自らの体内で吹き荒れる淫悦に、狂ったように頭を振り乱す。

もっとも、それは悠一をさらに昂ぶらせることにしかならなかった。

「ああっ、美咲さん……美咲さんっ」

髪の毛先から汗の雫を飛び散らせ、悠一は膣奥に剛直を叩きつけてくる。

「ひぎっ！　ああっ、激しいっ、そんなにおま×こいじめないでぇ！」

そのあまりの必死さと獰猛さとに、美咲は女としても牝としても感情が溢れ出ていた。

「嘘言わないでくださいっ。そんなに蕩けた顔して、こうされるのを嬉しがってるじゃないですかっ」

悠一の言うとおりだった。美咲は脳内の隅々までもが牝欲に支配されている。

もっと愉悦が欲しい、もっと肉棒で追い込まれたい。それが自分の本音である。

(ああっ、もっとしてっ。めちゃくちゃになるくらいに……私自身をとことん壊してぇ！)

吹き出た汗が白い肌をじっとりと濡らしている。唯一残っていたブラジャーも汗を吸って重さを感じた。

すると、悠一の手が胸に伸び、一気に上へとずらされる。

形の良い乳房が弾みながらさらけ出された。

「乳首もこんなにガチガチにしてっ。本当にどこまでもいやらしい人だっ」

尖りきった乳頭を摘まれねじられる。それだけで鋭い喜悦が全身を貫いた。たまらず身体がビクンと跳ねる。

「ひいいっ、おっぱいはっ、おっぱいいじっちゃダメぇ！」

「ダメじゃないですっ。乳首弄られるの大好きなこと、とっくにわかっているんですよっ」

悠一は問答無用といった感じで、乳首を絶えず刺激し続ける。

肉棒の勢いはまったく衰える気配がない。

乳首と蜜膜からの同時の愉悦はあまりにも凶悪で、ついに美咲は身体を起こしていられなくなった。そのまま後ろに崩れてしまう。

「美咲さん、休ませないですよ。むしろここからですっ」

悠一が仰向けの美咲を見下ろした。投げ出した両脚をしっかりと摑まれてしまう。続けてググッと左右に割って固定した。

「ああっ、待ってて っ……んあ、あああ！」

肉杭が真上から打ち下ろされた。汗と淫液にまみれた結合部がバチュンと卑しい音を響かせる。

（これダメ……っ。こんなに深いのダメっ。いやぁ、こんなに深くまで入れられたことなんてないのっ）

姫割れを真上に向けさせられた状態での性交は、怖いくらいの挿入感だった。

しかし、恐怖はすぐに愉悦に塗り替えられていく。悠一は喚（わめ）く美咲に構わずに、何度も剛直を振り下ろし、その度に喜悦が体内で炸裂した。

「まぁ……二人ともすごいですよ……」

「ああ……ご主人様が……人妻さんを犯してる……」

悠一の背後では、真梨子と夏海がそれぞれに熱い吐息を漏らしていた。

(ああっ、見られてるっ。おち×ちんに串刺しにされてる私を……それで悦んでる私を見られてるっ)

状況の異常さは、美咲の劣情をことさらに刺激した。もはや頭は正常に働かず、理性や常識などはかけらも残っていない。

「ううっ、美咲さんっ。そろそろもう……っ」

悠一が堪(こら)えた声で訴えた。汗の雫を振りまいて必死な姿に、牝の本能が燃え盛る。

「ああっ、出してっ！　私にも濃いのいっぱい……中から悠一くんに染めてぇ！」

青年の背中と首に手を回し、爪を立ててしがみつく。

牝の欲求が身体を支配し、打ち付ける肉棒に合わせて揺れていた。脚まで絡めて、膣奥での密着を求めてしまう。

「ああっ、もうダメですっ。出ます……ぐぅっ！」

バシン、と一際(ひときわ)強く腰が叩きつけられた。

蜜壺の中でペニスが膨らみ、瞬間、猛烈な勢いで灼熱の牡液が注がれる。

「ひぃ、いいっ！　ああっ、またイくっ！　精子でイっちゃうっ、あ、ああっ……ひいいん！」

自ら迎え腰をして子宮口を押し潰した刹那、強烈な閃光が脳内に炸裂した。

全身の筋肉が硬直し、白い肌は泡立って卑猥な汗を吹き出してしまう。

（悠一くんに中出しされるの、幸せぇ……ああ、ドクドクしているのがたまらない……）

絶頂に揺蕩(たゆた)う意識の中で、牡欲の迸りだけが明確だった。

自らが母であり妻であることを完全に忘れ去り、美咲は淫猥な牝としての甘美な満足感に酔いしれた。

6

悠一は美咲に覆いかぶさりながら、はぁはぁと激しく呼吸を繰り返す。

真梨子と美咲それぞれへの膣内射精は、いくら悠一が若い学生だとしてもかなりの体力を消耗した。全身は汗に濡れ、美咲の裸体へいくつもの汗の雫を垂らしてしまう。

（真梨子さんも美咲さんも激しく求めすぎだよ……もうクタクタだ……）

美咲から肉棒を抜き出して、そのまま尻をついてしまう。

ぽっかり開いた美咲の秘唇から、ゆっくりと白濁液が流れ出る。そんな光景が滲む視界に映し出されていた。

「ああっ、ご主人様……も、もう私……っ」

飛んできたのは夏海の言葉だ。我慢の限界を訴えるように、その声は震えている。

「え……ちょっと、夏海さん。い、今は無理だから……んぐっ」

唇が夏海によって塞がれた。

すぐに舌が差し込まれ、熱烈な絡め方を見舞ってくる。

「私も、もう無理なんです……お二人とのあんなにすごいエッチを見せられたら……はぁ、ぁっ」

夏海が極度の興奮に取り憑かれているのは明白だった。

彼女は両手で顔を挟んで荒々しく舌を乱舞させてくる。唾液がこぼれて口の周りが汚れることすら厭(いと)わない。

密着してくる身体からは、夏海の腰が大きく揺れているのがよくわかった。

(待ってくれっ。これ以上のセックスはマズい。身が持たない……っ)

連続した盛大な膣内射精でペニスも悠一自身も疲労困憊(こんぱい)だ。

だが、夏海は気遣いする余裕すらないのか、舌と身体を使って熱烈に求めてくる。正直に言って怖いほどだった。

「休む暇なんかないんですよ、悠一さん。ちゃんと柏原先生も愛してあげなきゃダメじゃないですか」

真梨子が妖しい微笑みを浮かべながら、硬さを失ったペニスを摑む。そのままゆっくりと扱き始めた。

「うぐっ……真梨子さん、お願いです。少しだけでいいから休ませて……っ」

「うふふ、ダメです。私が良くても柏原先生が許さないですよ。それに……彼女がどれだけ我慢してつらい状態かわかるでしょう？」

真梨子の言うとおり、夏海に余裕など既にない。キスを解いたかと思えば首筋や鎖骨を舐め、再び口舌を求めてくる。きっと今すぐにでも挿入されたくて仕方がないのであろう。

「はぁ、ぁ……悠一くん、しっかりしなさい。どんな形であれ、ご主人様になった以上は、ちゃんと彼女を悦ばせてあげなきゃ許されないわ……」

喜悦の余韻に震えながら、美咲がたどたどしく言ってきた。果てたはずだというのに、見つめてくる双眸には欲情が色あせていない。

「ああ、ぁ……ご主人様、ごめんなさい。もう私、キスや舐めてるだけじゃ無理ですぅ……っ」

切迫した様子で夏海は言うと、悠一の腰に跨った。パンツを穿いた状態で、半勃ちのペニスにクロッチを押し付けてくる。

そこであることに気づいた。

(なんだ？　柔らかくてトロトロしてて……めちゃくちゃ濡れてるぞ？)

夏海からは布地の感覚がまったく無かった。不思議に思って股間を見る。そして、驚愕した。

「な、夏海さん、そのパンツは……っ」

「あは、ぁ……そうです。穴開きパンツです。おま×こが丸出しのいやらしいパンツですよ……」

極薄のレース生地は、陰唇のあたりが開放されていた。形の良い肉ビラと膨らみきった陰核が完全に露出し、ペニスに擦り付けられている。

「まぁ……柏原先生、よく似合ってますよ。いやらしくて、とってもかわいいパンツで……悠一さんもそう思うでしょう？」

真梨子が優しさと羨ましさを内包した瞳で眺めながら言ってくる。

同時にペニスの上部に手を移動させ、裏筋をグッと夏海の牝膜に押し付けた。

「んあ、あっ……ご主人様のおち×ちん感じるぅ……ああ、嬉しいですぅ」

夏海が歓喜の声をあげ、陰唇をさらに押し付ける。

溢れ出た愛液が陰茎に絡みつき、下品な音色を響かせた。

変態美女の積極的な振る舞いに、たまらず股間は反応し始める。

「うふふ、大きくなってきましたね。そうですよ。またガチガチにして、かわいい奴隷ちゃんを犯してあげなきゃいけません」

蕩けた顔を綻ばせ、真梨子が肉棒を撫で回す。

陰唇と手淫の同時攻めに、悠一の本能は急速に蘇った。三度目の射精を目指して、完全な屹立へと変化していく。

「ああっ、ご主人様の大きくなって……いいですよね、入れても……？　勝手なことしてごめんなさい……っ」

詫びの言葉は興奮で震えていた。

夏海が肉槍の先端に秘唇をあてがう。たっぷりと蜜をまとった柔肉が、ゆっくりと勃起を飲み込んでいった。

「うあ、あぁ……中が広がってぇ……はぁ、ああん！」

褐色の肌を小刻みに戦慄かせ、夏海が肉棒のすべてを埋没させる。

強い締め付けが剛直全体を襲ってきた。媚膜は絶えず蠢いて、挿入しているだけで甘やかな愉悦を与えてくる。

(夏海さんの中もいつも以上だ……っ。みんな揃って、こんなに気持ちいいなんてたまらないよっ)

意図せず従者となった奴隷保母に、悠一の牡欲はふつふつと煮えていた。


青年の屹立に、夏海は心身を震わせた。

蜜壺を満たされ圧迫される感覚に、言葉にできない幸福感を抱いてしまう。

(ああっ、ご主人様のおち×ちん、すごいよぉ……奥が押されてたまんない……っ)

挿入されているだけで、たまらぬ愉悦がこみ上げた。腰を揺すればどれだけの喜悦が得られるだろうか。考えるだけで本能が疼いてしまう。

「はぁ、ぁ……夏海さん、ヤバいです。気持ちいい……」

呻くように悠一が言った。真梨子と繋がってから立て続けに性交し、彼の身体は汗まみれだ。今も必死になって自分と結合してくれている。

(私が……ご主人様に気持ちよくなってもらえるようにしなきゃ。私の全部をご主人

様のために……っ）

「あ、あぁ……もっとです。もっと気持ちよくなってください……うあ、ああっ」

深々と突き刺さった状態で腰を振る。

瞬間、喜悦が重い衝撃となって全身を走り抜けた。頭が叩かれたようにグラグラし、視界に歪みが生じてしまう。

（ああ、これダメ……っ。今日もすぐにイっちゃう……！）

悠一との性交を繰り返し、夏海の身体はすっかり作り変えられてしまった。ただでさえ達しやすかった肉体は、あっけないほど簡単に絶頂を極めてしまう。

「ああっ、あああ！　ご主人様ぁ、ごめんなさいっ、私もうイっちゃいますっ、はぁ、あっ、あああん！」

数回の腰振りで脳内が明滅した。小麦色の素肌が一気に泡立ち、総身が硬直しながら小刻みに震える。甘い汗が噴き出しては滴り落ちた。

「まぁ、柏原先生ったら。本当に淫乱になってしまったのね」

真梨子が妖しい笑みを浮かべながらにじり寄る。

「普段はあんなに厳しい顔しているのに……なんてだらしない顔なのかしら」

喜悦に呆けた夏海の身体にそっと抱きついてきた。汗に濡れた肌をゆっくりと撫でてくる。

「黒い肌が光っててぃやらしぃ……でも、とってもきれいですよ」

「ふふふ……見たところ、元々イきやすいのに、悠一くんに開発されてさらに敏感になった感じね。どこまで乱れちゃうのかしら」

美咲も起き上がって、硬直する夏海に身体を寄せる。

「ねぇ、悠一くん。柏原先生はこんなもんじゃないんでしょう？　普段はもっと激しく乱れちゃうのよね？」

美咲の問いに悠一はコクリと首肯する。

瞬間、美咲が至近距離でニヤリとした。

「柏原先生はドMの変態さんみたいだし……私たちも一緒に攻めてあげましょうか」

「えっ。そ、それって……」

思いがけない言葉にドキリとした刹那、美咲が膨らみきった夏海の左の乳首を摘み上げた。

「ひぎぃ！　ま、待ってくださ……はぁ、ああん！」

峻烈な刺激に声を上げると、もう片方の乳芽からも喜悦が生まれる。真梨子が手を伸ばしていた。

「うふふ、ブラジャー越しでも硬いのがよくわかりますよ。はぁ、ぁ……柏原先生の乳首が透けて見えて、とってもエッチです……」

総レースのブラジャーは閨事(けいじ)のための淫らなものだ。悠一を興奮させるために用意したのに、まさか同性の、それも上司と保護者を発情させるツールになるとは思いもしない。

「こんなに硬いと、弄るだけじゃつまらないわ。えいっ」

美咲がブラジャーを上へとずらす。

ツンと突き出た乳首が三人の前に晒された。充血した乳蕾はこれ以上ないほどに膨らんで、乳暈までもがうっすらと盛り上がっている。

「かわいい乳首してるじゃない。とっても感度も良さそうね……んちゅ」

美咲が乳暈ごと唇で覆ってしまう。すぐに舌が絡みつき、痼(しこ)った乳頭を弾かれた。

「ひうっん！　あ、ああっ、ダメぇ……女なのにぃ……女なのにエッチなことしてくるなんてぇ」

「ふふっ、柏原先生がそれだけ魅力的だからですよ。私たちにいじめさせたくなるくらい、エッチで素敵だから……んんっ」

真梨子が顔を覗き込んでから、当たり前のように唇を重ねてきた。

美熟女の芳醇な唾液と舌が流れ込み、夏海の煩悩を煽ってくる。

(ああっ、なんなのこれっ。こんなのありえないのに……気持ちいいのっ。嬉しいって思っちゃうっ)

自分に同性愛の気は無いはずだった。だが、乳首を吸われて口内を貪られ、少しも嫌な気はしない。むしろ、もっとしてほしいと思ってしまう。

身体が異常な愉悦に蝕まれ、蜜壺は力強く収縮した。

「ううっ、夏海さんもみんなもなんてエロいんだ！　こんなの見せられたら……！」

仰向けだった悠一が起き上がり、細い腰を掴んでくる。

喜悦に歪む視界の先に悠一の姿があった。その表情の意味を夏海はしっかりと理解している。自らを本気で犯すときの、本能をむき出しにした顔だった。

「ご、ご主人様っ、今は……今、本気でされたらっ、んぐっ」

「キスを勝手に止めちゃダメですよぉ。悠一さんに奴隷らしくたっぷり犯してもらいましょうね」

真梨子が顔を摑んで柔舌をねじ込んでくる。

「悠一くん、いっぱい突いてあげてね。柏原先生をとことん壊してあげましょう」

美咲が喜々とした様子で悠一に言う。

悠一は目を血走らせながら静かに頷いた。滴る汗を拭うこともせず、じっとり夏海の淫らな姿を見つめてくる。

（ああっ、ダメっ。本当に……壊されるっ！）

心の中で叫んだ瞬間、青年の肉槍が引き抜かれる。

亀頭だけを膣内に残し、蜜壺の奥を空虚さが襲った。

だが、それは一瞬のこと。蕩けた隘路を剛直が駆け抜ける。強烈に子宮口を叩かれた。夏海の意識が原色の光に覆われる。

「ふぐぅっ！　あ、ああっ……奥が……はぁ、あああ！」

肉棒は間髪入れずに何度も膣奥を襲ってくる。

掻き出した愛液が結合部の付近にまとわりついて、打擲されるたびに卑しい水音を響かせた。

「うふふ、すごいですね。柏原先生のアソコ、思いっきり開かれてる」

「いやらしい……音も光景も匂いも……変態さんにはふさわしいセックスね」

真梨子と美咲が結合部を覗き込みながら、恍惚とした表情で口々に言う。

（ああっ、犯されてるの見られてるっ。私が……はしたない変態女だってこと、二人に知られちゃうっ）

強烈な羞恥に襲われるが、悠一のピストンはそんなことを考える余裕など許さなかった。

媚肉をこそぎ、膣奥を押しつぶし、淫女をさらなる快楽の奈落へと追い込んでくる。

(ダメぇっ、もうイくっ……ああっ、またイっちゃう!)

声にならない悲鳴を上げて、夏海の日に灼けた裸体が反り返った。そのままビクビクと戦慄いて、汗の雫を撒き散らす。

だが、肉棒の掘削は少しも止まってなどくれなかった。

「ひい、いいっ! ご主人様ぁ! イったのっ、イきましたからぁ!」

暴力的な悦楽に、たまらず制止を懇願する。

だが、悠一の動きは止まらない。むしろ打擲はより激しく重いものに変化した。

「ダメですよ、先生。奴隷なんだからされることを受け入れなきゃ。むしろもっと求めてください」

真梨子はそう言うと、汗に濡れ光る片脚を腕に引っ掛けて拘束してくる。

それを見た美咲も、もう片方の脚を同じようにした。

大きく開け広げられた股間に、激しい突き込みが襲い来る。

「ひいっ、いいい! 深いのぉ! あ、ああっ、これすごいですぅ!」

膣奥に亀頭がめり込むかというほどの挿入感。剛直を繰り出されるたびに、脳内で喜悦が爆発する。

（あぁっ、イくの止まらないっ。もう無理っ、もうおかしくなるっ、死んじゃう！）

異常な状況が破滅的な快楽を生み出していた。

浅黒い素肌はもちろんのこと、頭髪までもが汗に濡れ、全身の硬直が解けない。視界の焦点は定まらず、何を見ているのかすら判断できなかった。

「ねぇ、悠一くん。見てあげてよ。柏原先生、本当にイき狂ってるわよ」

美咲の呼びかけに応えた悠一と視線が合う。

獣欲に支配された瞳が夏海を射抜き、それだけで法悦となって体内で爆散した。

「ひっ、ひぎっ……ぐぅっ、あ、あがっ……！」

もはや嬌声などという可愛らしいものは発せない。牡の獣に貪られる断末魔のような叫びを響かせるだけだ。

唇は閉じることを忘れてしまい、口端からは涎を垂らして顎と首筋を濡らしてしまう。淫猥というよりは下品な姿だが、夏海にそれを恥と自覚する余裕はまったくなかった。

「あぁっ、もうダメだっ。今度は夏海さんに出しますから……みんなと同じように、一番奥で出しますよ！」

悠一が歯を食いしばって、子宮口を乱打する。

勃起が一際大きく膨れた感覚があった。夏海の本能が射精を予感し、快哉（かいさい）を叫ばせる。

「出してくださいっ！　奥にっ、子宮にください！　ご主人様の精子、私のバカま×こに注いでくださいぃ！」

叫んだ言葉の意味すらわからず、夏海は必死に腰を乱舞させる。

攪拌された淫液がグチャグチャと音を立てながら、白濁化しては周囲に飛び散る。

部屋中に淫臭が立ち込めた。

「出ますよっ、全部受け取ってください！」

バチン、と一際強く貫かれた瞬間、灼熱の牡液が媚膜に叩きつけられた。

「ひぃ、いいいいん！　イくっ、イくイくっ！　ああ、あああっ、——！」

叫ぶ形の口からは、もう声など出なかった。

目を大きく見開いて、全身を硬直させながら跳ね上げる。

真梨子と美咲がその身体を抑え込み、射精する勃起と子宮口とを密着させ続けた。

（オチ×ポのビクビクがよくわかるの……ああっ、ダメっ、オチ×ポが震えてるだけでまたイく……イくの止まらないぃ……！）

絶頂に絶頂を繰り返し、何度果てているのかわからない。

一つだけ確かなのは、自分が淫乱に壊れ果てたということだけ。

ぼんやりとした視界に、吐精に歪んだ悠一の顔があった。

（ご主人様、立派です……これなら、一ノ瀬先生だってあなたのものに……）

応援したい気持ちと胸を締め付ける切なさを抱きつつ、夏海の意識はふっと消えた。

第五章　可憐な保母さんの初めての夜

1

夜の帳が降りた住宅街は、穏やかな空気に満ちていた。秋の夜風は既に冷たく、冬が近づいていることを実感する。

(今日が本当に最後なんだ。これでダメならもう諦めるしかない)

悠一は保育園の裏口でグッと両手に拳を作る。

壮絶とも言うべき4Pのあと、みんなで今日の計画を練っていた。皆、悠一と瑠奈が結ばれるように、あれこれ思案し行動に移してくれている。

(みんなのためにも頑張らなきゃ。厚意を無駄には出来ない)

裏口の扉は開いていた。真梨子が前もって開けておいてくれたのだ。

悠一は静かに中に入ると、靴を脱いでスリッパに履き替える。

保育園内はしんと静まり返っていた。だが、職員室にだけは蛍光灯の明かりが灯っている。よくよく耳をすますと、ガタガタとなにかをしまうような音が響いていた。

廊下から職員室内を覗いてみる。

室内には瑠奈だけがいた。スチールデスクの引き出しを開けて、中身の整理を黙々としている。その表情は負の感情がにじみ出た暗いものだった。

（今、僕が行動しないと、先生はずっと過去に縛られたままになる。僕が助けなきゃ）

弱気を自分で押し殺す。三人は大丈夫、上手くいくと言っていた。それを信じて行動するしかない。

悠一は大きく息を吸い込むと、職員室の引き戸をガラリと開けた。

「……笠間さんっ？」

瑠奈が驚いた顔でピタリと止まる。

「……先生、辞めないでください。うちの莉乃葉はもちろんのこと、他の園児たちもみんな先生が大好きなんです」

悠一の言葉に瑠奈が力なく視線を落とす。その顔には明らかに迷いや未練が見て取れた。

「私は……保育園の先生には向いてません。失格なんです……だから子どもたちにも迷惑で」

「いつまでも過去のことに縛られないでください」

瑠奈の言葉を遮って言うと、彼女が再び驚いた様子でこちらを見てきた。

悠一は瑠奈をじっと見つめながら言葉を続ける。

「聞きました。一ノ瀬先生が前の保育園でされたこと。辛かったと思います。悲しくて悔しかったことくらいは僕でもわかる」

瑠奈の表情が一気に曇った。どこか儚い雰囲気ゆえに、見てるこちらの胸が締め付けられる。

だからこそ言わねばならない。笠間悠一という男の一世一代の大勝負だった。

「だから……僕が一ノ瀬先生を支えます。先生がこれ以上、苦しまないように……僕が笑顔にします！」

静かな職員室に自分の決意が反響する。

言ったあとで恥ずかしくなったが、言葉と気持ちは本物だ。受け入れてもらいたい。その一心でまっすぐに瑠奈を見る。

「……」

静寂が二人を包み込んだ。

瑠奈は視線を合わせてくれない。顔を深く俯けて、力なさげに立ちすくんでいる。

そんな彼女を悠一はただただじっと見つめていた。胸の鼓動は大きいのに、その音は聞こえなかった。それだけの余裕がない。

「……私は……笠間さんが思っているような女じゃないんですよ。この前、応接室であんなことをしたんです。ああいうことを平気でするような女、笠間さんにはふさわしくない」

瑠奈はふるふると弱々しく首を振る。声はかすれて震えていた。

「……一ノ瀬先生が無理していたことくらい、知っています。本当の一ノ瀬先生は、あんなことを平気でするような人じゃない」

瑠奈がふしだらな女を演じていたくらいはすぐにわかった。自分を諦めさせようと、とっさに考えた唯一の方法だったのだろう。

「でも……でも……」

瑠奈は泣き出しそうな声をして、細い肩と艶やかな黒い長髪を震わせる。その先をなかなか言葉にしない。

すると、勢いよく引き戸が開け放たれて、二人してそちらに目を向けた。

入ってきたのは夏海だった。

(え？　なんで……まずは真梨子さんが来るはずじゃ)

計画とは違う順番に、悠一は焦りを禁じえない。

一方の夏海は計画など初めからないかのように堂々としていた。鋭い視線で瑠奈を見ている。

「……一ノ瀬先生」

「な、なんですか……」

瑠奈があからさまなほど恐怖に顔を強張らせていた。一歩だけ後退(あとずさ)りする。だが、スチールデスクに阻(はば)まれてしまい、逃げることなど出来ない。

「……」

瑠奈の目の前まで来た夏海は、何も言わずにじっと見つめる。その瞳は睨んでいるようだった。

そして——ピシャリと乾いた音が響いた。

(ちょっと……ええっ)

まさかの展開に呆然とする。夏海が瑠奈の頬を叩いたのだ。

瑠奈はこちらのほうを向いて微動だにしない。垂れた前髪から覗く目が、驚愕に目開かれていた。

（どうしよう……僕がこの場から一ノ瀬先生を助けろってことなのか？）

混乱する頭で必死に考える。

すると、夏海は大きく息を吸い込んで、怒鳴るように声を荒げた。

「いい加減にしなさいよ！　どこまで逃げるつもりなの！」

絶叫ともいうべき大声が夜の保育園に響き渡る。

「私は許さない。自分自身から逃げるなんて絶対に許さない。過去から逃げて、今の自分の気持ちから逃げて、あるべき将来からすら逃げて……ごしゅ……笠間さんの好意から逃げて……ふざけないで！」

それはまさに慟哭ともいうべき叫びだった。夏海の心からの瑠奈への叱咤だ。

（ありがたいけど……ご主人様呼びだけは勘弁してくれよ……）

肝を冷やしながら二人を見つめ続ける。

夏海がふぅ、と息を吐き、瑠奈の両腕をそっと掴む。

「先生、なんで素直にならないの？　先生が笠間さんを男性として好きだってことくらい、私も副園長もみんな知っているんだよ。それについて、誰も先生を咎めたことはないでしょう。それがどういう意味かくらいはわかるよね？」

厳しかった夏海の表情が、一転して心配そうなものになる。そこには彼女が本来持っている優しさが滲んでいた。

「……でも、私なんて」

「でも、じゃないの。私なんて、じゃないの。そういう一ノ瀬先生の弱いところもひっくるめて、彼はあなたの傍らにいたいって言っているのよ」

夏海がそう言ってからこちらを見る。

視線がこっちに来いと言っていた。悠一は少し気恥ずかしい思いをしつつも、二人へと歩いていく。

「一ノ瀬先生、はっきりと答えなさい。あなたは……笠間さんが好きよね？」

優しい声色で夏海が尋ねた。覗き込むようにして瑠奈の顔を見る。

瑠奈の頭がゆっくりと動いた。

悠一はそれを見て気が遠くなりかける。

彼女の頭は間違いなく――上下に動いていた。

「一ノ瀬先生……」

悠一が無意識に名前を呼ぶと、瑠奈が上目遣いでこちらを見てくる。真っ白だった頬がほんのりと桜色になり、じわじわと色の濃度を増していた。

「笠間さん、その……本当にいいんですか？」

「当たり前です。僕はこうなって欲しいって、ずっと前から思っていたんです」

快哉を叫びたくなる気持ちを必死で抑えるも、口調は早口になってしまう。胸の動機はとても速くて、暑くもないのに額がしっとりしていた。

「あの……一ノ瀬先生、もう一度言わせてください」

悠一は姿勢を正すと、しっかりと瑠奈を見る。

彼女も自分を見つめていた。今までとは明らかに異なる視線だが、もうたじろぐことはない。

「僕は……一ノ瀬先生が好きです。だから……僕と付き合ってください」

ありきたりだが、これ以上無いストレートな言葉で想いを伝える。

瑠奈は視線を少しも外さない。ふっくらと瑞々しい唇がゆっくりと開いた。

「はい……その、よろしくお願い、します」

そう言ってから、ようやく視線が脇へと逸れる。顔はもう真っ赤に染まり、よくよく見ると身体は微かに震えていた。

「ふう、これでとりあえずは一件落着かしらね。まったく……手のかかるカップルだこと」


傍らで見ていた夏海が、あからさまなため息をついて苦笑していた。

だが、その顔には切なさや痛々しさといったものが微かに混じっていて、悠一の胸を締め付けてくる。

「ふふっ、ようやく上手くいきましたね」

再び引き戸が開かれて、今度は真梨子が顔を覗かせた。

彼女は片手に白い封筒を持っていた。近づきながら、それをひらひらとさせている。

「ねぇ、一ノ瀬先生。これが最後です。もう一度だけ聞かせてくださいね」

瑠奈の前までやってきた真梨子が封筒をかざした。瑠奈の退職届だった。

「本当に辞めますか？　それとも……過去や不安を乗り越えて、私たちと一緒に頑張ってくれますか？」

明らかに後者を選んで欲しいという口ぶりだった。

全員の視線が瑠奈へと注がれる中、彼女は居ずまいを正して神妙な顔になる。

そして、頭を下げた。

「副園長……私、本当は続けたいです。この保育園の先生でい続けたいです」

瑠奈の本当の思いがようやく現れた瞬間だった。

やはり、彼女は保母なのである。

もっとも良い判断をした瑠奈に、悠一は胸に熱いものがこみ上げた。

「うん、そう言ってくれると思いました」

真梨子は満足そうに微笑むと、今一度封筒をかざす。

「じゃあ、これはもう要らないですよね」

瑠奈がコクンと頷き返す。

真梨子は「それじゃあ」と言ってから、封筒を引き裂いた。一回二回と破ってから、足元のゴミ箱へと落としてしまう。

「それでは、改めてよろしくお願いしますね。一緒に頑張っていきましょう」

「あの……わがままばかり言ってすみません。こんな私のためにその……」

恐縮した様子で瑠奈が言うと、真梨子がそっと彼女の頭に手を置いた。

そのまま自らに引き寄せる。ぽふんと豊かな胸に飛び込ませると、柔らかい手付きで抱きしめた。

「いいんですよ。人間、一人では生きていけないし、そんなに器用でもないんです。迷惑をかけるときはかけちゃって、あとで挽回(ばんかい)すればいいんです」

「副園長……」

瑠奈の声は震えていた。手が真梨子の裾へと伸びて、ギュッと握られる。しばらくそのままだった。

（よかった……本当によかった……）

すべてが予想通りに運んでいた。瑠奈に受け入れられたことと、ここで働き続けてくれるという二つの事実が、悠一を未知の多幸感に満たしてくれる。

「あ、そうだったわ。ちょっと待ってくださいね……」

瑠奈を抱きしめ撫でさすっていた真梨子が、何かを思い出した様子で自らのデスクへと向かっていく。

引き出しを開けてから、メッセージカードのようなものを取り出した。それを瑠奈へと差し出す。

「笠間さんも見てください。あなたたち二人へのものですよ」

受け取った瑠奈が二つ折りの紙を開く。

「絹川さんって……萌香ちゃんのお母様？」

きれいな文字で書かれたメッセージは、末尾に絹川美咲と記されていた。

内容は自分たちの関係成就を祝福するものだった。彼女もまた、自分のことを信じてくれていたのだろう。心からの感謝を胸に、温かくて気恥ずかしい気持ちになる。

が、文章の最後のあたりを読んだ瞬間、悠一はもちろん瑠奈も目が点になった。

「……えっと……あはは」

どうして良いかわからず、悠一は乾いた笑いをするしかない。

瑠奈は再び顔を真っ赤にして固まってしまった。

(美咲さん、ここに来れない代わりに何かプレゼントするって言ってたから、なんだろうと思ったら……まさかホテルの部屋って……っ)

美咲が用意したのは、彼女に連れられていったレストランが併設されているホテルの部屋だった。しかも今日から一週間、好きに使っていいと書いている。

(あのホテル、かなり高級なはずだけど……お金の使い方、間違ってるんじゃゃ……)

そもそも、付き合うことを決めたばかりのカップルに、ホテルを提供するというのが常識外れだ。

だが、美咲の本性を知っている悠一からすると、いかにも美咲らしいと思えなくもない。

「んー、何が書いてあったの？　ヤバいやつかしら？」

二人の様子に夏海がニヤニヤとしている。おそらく、前もって美咲から聞いているのだろう。

「い、いや……まぁ……ははっ」

　そう言ってごまかすのが精一杯だった。


戸締まりは真梨子たちでやるというので、悠一と瑠奈は先に保育園を出た。形としては、さっさと出されたと言ったほうがいい。

(どうしようか……このまま何もなく家に帰るのもおかしいよな)

せっかくの交際初日なのだ。多少はデートみたいなことをしたい。

だが、ここは住宅街で、洒落たお店などあるわけがない。駅前にちょっとしたファーストフード店や居酒屋がある程度だ。

(居酒屋にしても、今日は金曜の夜だし、きっと混んでいるよな。うーん……)

悠一は顎に手を当てて、あれこれと考えを巡らせる。

すると、瑠奈がチラチラとこちらに視線を投げていた。何か思うことがあるらしいが、とても恥ずかしそうにモジモジとしている。

「一ノ瀬先生？」

悠一が名前を呼ぶと、瑠奈がビクンと肩を跳ね上げた。

そして、何かを決めたのかすうっと息を吸い込むと、ゆっくりと口を開いた。

「……あの、行きませんか？」

「行くって、どこへです？」

「その……用意してくれているホテルへ。ど、どうでしょう？」

思いがけない提案に驚いてしまう。

瑠奈は冗談などで言ってはいない。羞恥に顔を赤らめているのが、その証拠だ。

（このままホテルへって……いいのかよ、本当に）

悠一は夢を見ているのでは、と錯覚した。

2

ホテルは噂通りに高級なものだった。

しかも、ただの部屋ではない。ジュニアスイートなどというかなりランクが上の部屋である。

（こんなところを使わせてもらって、本当にいいのかよ……）

大きな窓辺に置かれた椅子に座って、悠一は恐々とする。

窓からは夜の街が一望出来た。夜の澄んだ空気のせいか、遠くまで見渡せる。まさに光の海という表現がぴったりの見事な夜景だった。

（……ヤバいな、めちゃくちゃ緊張してる）

室内には瑠奈がシャワーを浴びている音が聞こえている。あとは自らの落ち着きを失った心拍音のみだった。

（今まで真梨子さんに美咲さん、夏海さんと関係してきたけど、ここまで緊張することなんてなかった。これが好きな人と交わるってことなのか）

悠一は先にシャワーを浴びていた。いきなり瑠奈と一緒に入ったら、自分がどうなるかわからなかったからだ。

そして、それは正解だと思った。バスローブのような寝間着の下では、肉棒が完全に屹立と化していた。まるで童貞に戻ったかのようだ。

浴室からのシャワーの音が止む。扉を開く音がして、瑠奈が身支度を整え始めた。

（いよいよだ……一ノ瀬先生の湯上がり姿が……っ）

鋼のような硬さで勃起が大きく脈を打つ。浅ましいとは思うものの、本能を制御することなど不可能だ。

刻一刻と緊張と心拍数が増し、じわりと汗がにじみ出る。落ち着きを失った悠一は、テーブルに置いたペットボトルのお茶を飲んだ。緊張のせいか、味などまるでわからない。

「お待たせしました……」

背後からの声に、悠一の動きがピタリと止まった。

ぎこちない動きで声のする方へと振り返る。

「あ、ああ……」

情けないうめき声のようなものが出た。

視線の先にいたのは、バスタオルを身にまとった瑠奈だった。

真っ白だった肩や腕、脚は湯上がりゆえにほんのりと桜色になっている。長い黒髪をアップにまとめて、スラリとした首筋が丸見えだ。後れ毛が少しだけ覗いていて、それだけで心臓が跳ね上がる。

（なんてきれいなんだ……それ以外の言葉が浮かばない……）

ぽかんと口を開けて見つめていると、瑠奈が顔を真っ赤にして身体をよじる。

「そ、そんなに見ないでください……恥ずかしい……」

恥じらう様があまりにも可愛らしい。

そしてあることに気がついた。

（このバスタオルの一枚下には、一ノ瀬先生の全裸がある……！）

そう考えるだけで気が遠くなりかける。

勃起が大きく脈打ち、バスローブを揺らしていた。

瑠奈の視線がこちらに向いてくる。よくよく見ると、自らの股間を見ているではないか。

「あ、ああっ……こ、これは」

一人勝手に発情しているのが恥ずかしくなり、悠一は焦りながらテントを手で覆う。

なんの意味もないのは承知の上だ。

「……笠間さん」

瑠奈がゆっくりとした足取りで自分の方へと近づいてくる。

赤い顔は酔ったように呆けている。大きな瞳が濡れていて、視線は一瞬たりとて悠一から離れない。

ついに目の前まで彼女が来る。顔の造形と肌の美しさ、シャンプーの甘い香りに意識を奪われた。

「い、一ノ瀬先生……」

「……瑠奈です。これからは、私のことを瑠奈って呼んでください」

少し恥ずかしそうに、しかしどこか艶っぽい口ぶりだった。

瑠奈がもう一歩近づいて、大きく盛り上がった胸部で触れてくる。バスタオル越しだというのに柔らかく、それだけでカウパー腺液がちびり出るのがわかった。

「笠間……いえ、悠一さん。私からも言わなきゃいけませんよね……」

陶器のように美しい腕が伸び、悠一の二の腕へとそっと触れた。自分を見上げながら、瑠奈はたっぷりと潤った唇を微かに動かした。

「私も好きでした。悠一さんのことを前からずっと……だから、こうなれて幸せです」

嘘偽りの無い瑠奈の言葉に、悠一の胸中が熱く焦がれる。瑠奈ほどの美女が自分を、という気持ちもあるが、もうそんな考えは捨てなければ。彼女を信じて、心の底から愛することが、今日から自分に与えられた使命である。

「る、瑠奈さん……」

下の名前で呼ぶのは、予想以上に気恥ずかしい。

だが、瑠奈は満足そうに微笑みを浮かべると、ゆっくりと背伸びをする。

互いの唇が触れ合って、彼女の方から押してきた。

(うわ……なんて柔らかいんだっ)

程よい厚みの唇は、柔らかさとともに弾力もある。あまりにも幸福な感覚だった。

「んっ……瑠奈さんっ」

悠一はもうたまらなかった。彼女への積もりに積もった恋情がついに行為となって噴き上がる。

瑠奈の身体に手を回し、しっかりと抱きしめながら、自分からも唇を密着させる。

さらには舌を差し出して、慎重に彼女の朱唇を割っていく。

「んんっ……んぐぅ……ふぅ」

悩ましい吐息を漏らして、瑠奈は自らを受け入れた。添えていた手に力が入って、悠一の寝間着をキュッと握ってくる。

(瑠奈さんの口の中、とっても気持ちいい……これが好きな人とのキスなのか)

瑠奈の口腔内はすっかり蕩けていてたまらない。唾液は甘露であるかのように思われた。

「んぐっ……あ、ぁ……悠一さん……んちゅ」

瑠奈が身体をさらに密着させながら、自らの舌を絡めてきた。粘膜同士の結合は、途方もないほどに甘美で、いつまでも口づけしていたいと思ってしまう。

「あぁ……瑠奈さんとのキス、とっても気持ちいいです」

「私もぉ……はぁ、ぁ……もっとしてください……」

瑠奈が感極まった様子でさらに舌をねじ込んでくる。

身体が密着しながら左右によじれ、バスタオルが緩んでいく。ついに留めた箇所が外れてしまい、バサリと二人の間に落下した。

(おっぱいが……瑠奈さんの生おっぱいが押し付けられて……すごいぞこれっ。なんて幸せな感触なんだっ)

寝間着越しに感じる豊乳に、意識がクラクラとしてしまう。

抱きしめる白肌の感触もたまらない。柔らかくてしっとりしていて、自然と背中や腕を撫でてしまう。

「んあ、ぁ……悠一さんも……脱いで……」

ねっとりと舌を絡ませながら、瑠奈が寝間着の結び目を解いてくる。胸元に手を忍ばせて、撫でるようにしながら脱がされた。

「はぁ、ぁ……悠一さんの身体、大きくて素敵です。スベスベしてる……」

大きな双眸はすっかり蕩けていた。唾液に光る唇は半開きになって、熱い吐息を繰り返す。完全に発情した女の顔だった。

(瑠奈さんがこんな表情をするなんて……っ)

幾度も妄想した表情だったが、実物の魅力はあまりにも凄まじい。屹立には血液が集中し続け、肥大ぶりは痛いくらいだった。

「瑠奈さんの身体も……めちゃくちゃきれいですよ……」

半歩だけ下がって、全裸の瑠奈を眺めてみる。

白い肌はなめらかで高級な陶器を思わせた。細すぎず太すぎずの肉付きは男心を強烈に刺激する。

そして何より目を引くのは、大きく実った双乳だった。釣鐘型を描く乳房は左右で等しい姿をしている。発情を訴えるかのように、乳頭は小指の先ほどに膨れていた。五百円玉より少し大きい乳暈もたまらない。

「うう……は、恥ずかしいです……」

悠一の視線を浴びて、瑠奈がキュッと目を閉じてしまう。長いまつげが震えているのが、なんとも官能的だった。

(瑠奈さん、恥ずかしがっても身体を隠したりはしない……僕のために見せてくれているのか？)

相当に恥ずかしいのだろう、脇に垂らした手は握りこぶしを作ってカタカタと震えている。

だが、彼女は一糸まとわぬ身体をしっかりと見せていた。柔乳が小さく揺れる様も、滲むように薄く生え揃った恥毛もさらけ出してくれている。

「瑠奈さん……ベッドに行きましょうか」

いつまでも立たせているのは申し訳ない。悠一は瑠奈の背中をそっと押して、キングサイズのベッドへと導く。

瑠奈はコクリと頷くと、悠一にピッタリと身体を寄せてきた。そんな仕草がたまらなく嬉しい。

二人一緒にベッドに入る。柔らかさと固さが絶妙で、さすがは高級ホテルのベッドである。シーツもつるつるしていて気持ちがいい。

「あの……キスしてください……」

寄り添う瑠奈が小さな声で懇願する。

もちろん拒否するはずがない。悠一は彼女を抱き寄せると、再び唇を重ね合わせた。

「んっ……んふぅ……」

瑠奈はすぐに舌を挿し込んで、悠一と絡まりを求めてくる。蕩けた粘膜は心地よく、甘さすら感じられた。

（ああ、気持ちいい……すればするほど、瑠奈さんへの気持ちが強くなる……）

抱きしめる腕に自然と力が入る。

瑠奈は「うぅん」と少しだけ苦しそうに呻いたが、お返しとばかりにさらに強く抱きついてきた。

彼女はキスを一向に止めようとしない。舌を絡ませるだけでなく、唇で挟んで吸ってくる。さらには唇やその周りを啄んでは、ねっとりと舌を奥まで挿し込んできた。

(なんて情熱的なキスなんだ……瑠奈さんがこんなにも積極的だったなんて……)

控えめな印象とは真逆の振る舞いに、悠一の牡欲はどこまでも刺激された。

肉棒は大きく跳ね上がり、パンツを突き破ろうとしているかのようだ。

「はぁ、ぁ……悠一さんとのキス止められないです。とっても気持ちよくて……幸せすぎてたまらないです」

瑠奈が甘ったるい口調で呟きながら、身体を絶えずよじり続ける。

彼女の下腹部が悠一のテントを刺激していた。身体の動きと圧迫が剛直に集中している。

(瑠奈さんの身体でチ×コが擦れて……ああ、めちゃくちゃ感じてしまうっ)

ついには下から上へとしゃくりあげるように勃起を愛撫し始めた。行為の卑猥さとこみ上げる愉悦とで、たまらず悠一の腰も動いてしまった。

「悠一さん……これ、気持ちいいですか……？　お……おち×ちん、ちゃんと感じさせられていますか？」

途切れ途切れに尋ねる瑠奈は、不安と切なさが混じった表情を浮かべている。男心を凶悪なまでに刺激する顔だった。

「大丈夫ですよ。ていうか、めちゃくちゃ気持ちよくて……うはっ！」

返事の途中でさらなる喜悦がこみ上げた。

瑠奈がパンツの中に手を入れて、勃起を柔らかく摑んできたのだ。

「ああ、とっても硬くて……本当に熱い。この前よりずっとすごいです……あ、ぁ……」

瑠奈が熱くて甘い吐息を漏らしながら、肉棒のたくましさに酔い始める。

手筒がゆっくりと上下して、蕩けるような法悦を生み出してきた。漏れ出たカウパー腺液を潤滑油にして、先端から根本までをたっぷりと擦過される。

「うあ、ぁ……瑠奈さん、気持ち良すぎます……あぁ」

「嬉しいです。もっと気持ちよくなってください……私を恋人として求めてくれたお返し、いっぱいさせてください」

瑠奈はそう言うと、悠一のパンツをずりおろし、肉棒を完全に露出させてくる。解放された剛直が、一際大きくなったように錯覚した。

彼女はさらに、首筋から鎖骨、胸板へとキスの雨を降らせてくる。柔らかくて弾力のあるリップの感触が、肌から悠一を焦がしてきた。

「瑠奈さん……僕、もうたまらないです……っ」

悠一が巨大な乳肉に手を伸ばす。脇から掬(すく)うようにして持ち上げると、瑠奈の身体がビクンと震えた。

「んあ、っ……あ、あ……温かいです……」

瑠奈がうっとりした様子で目を閉じる。

途方もないほどの柔らかさが手のひらを包み込んできた。真っ白な乳肌はしっとりとしていて、まるで吸い付いてくるかのようだ。

(こんなに大きいのに弾力もある……ああ、この揉み心地、たまらないぞ……っ)

柔らかくも乳肉はみっちりと詰まっていて、すぐに指を跳ね返してきた。今までの三人とはまったく異なる感触だ。

「あ、ああっ……触り方が上手です……んあ、ぁ」

身悶える瑠奈がまたしてもキスをねだってくる。

すぐに受け入れて舌を絡めつつ、丁寧かつしっかりと乳丘を揉み込んだ。

瑠奈の発情がより強くなったのか、なんとも言えない甘い香りが漂ってくる。瑠奈の振りまくフェロモンに、悠一はもう酔い続けるしかない。

「悠一さん、もっとしてください……もっと触ってほしい……んあ、あっ！」

言われると同時に乳芽を弄る。

瑠奈の身体が大きく跳ねた。遅れて豊乳が重そうにゆさりと揺れる。

（めちゃくちゃ硬くなってる。僕とのエッチでこんなにしてくれてるんだ……っ）

指で転がし弾いて捏ねる。そのたびに瑠奈は嬌声を響かせて、ビクビクと裸体を震わせた。

肉棒を摑んでいる手までが戦慄き、彼女の愉悦が如実に伝わってくる。

「瑠奈さんのおっぱい、きれいで大きくて……本当に……たまらないですっ」

もう辛抱できなくなった悠一は、彼女の胸元へと顔を押し付ける。

たわわな乳肉に顔を埋めて、硬く実った乳頭に吸い付いた。

「ひぃ、いん！　あ、ああっ……はぅ、ん！」

今日一番の鋭い反応が帰ってきた。白い裸体が軽く硬直している。

（瑠奈さん、乳首が弱いんだな……いっぱい感じてもらわなきゃ）

自分の想いを快楽に変換させたい。悠一は舌を大胆に動かして、乳首を熱烈に愛していく。乳首や乳暈はもちろんのこと、その周りの乳肌までをも舐めしゃぶる。さらには大きく口を開いて、乳肉ごと音を立てて吸い付いた。

「あ、ああっ……ダメですっ。そんなに気持ちよくしないで……あ、あああんっ」

ついにペニスを触っていられなくなり、瑠奈が悠一にしがみつく。

彼女の腰の揺らぎは、さらに大きくなっていた。淫らな声と一緒に衣擦れの音が部屋中に響き渡っている。

(あの瑠奈さんがこんなにエッチな反応を見せてくれるなんて……っ)

悠一の興奮は沸騰する一方だった。一刻も早く、身体の隅々を自分のものへと塗り替えたい。

悠一は瑠奈を仰向けにして、首筋からゆっくりと全身を舐めていく。同時に手のひらを滑らせて、二つの刺激で彼女を愛でる。

「あ、ああっ……こんなの……あ、はぁぅ……んんっ」

「もしかして嫌ですか?」

瞼をギュッと閉じた瑠奈が、ふるふると首を振る。

「嫌じゃないです。こんなことされるの、考えたこともなかったから……気持ちよくて、幸せすぎて……っ」

「良かった。じゃあ続けますからね」

瑠奈が喜んでいることに安堵するとともに、さらに彼女に愉悦を感じてほしい。悠一は逸(はや)る気持ちを抑えつつ、肩や脇腹、腰はもちろん、脇や腕まで舐めていく。

瑠奈の吐息はますます激しくなっていた。羞恥と発情とで鎖骨付近まで真っ赤にして、絶えず身体を揺らしている。

(もう残っているのは下半身だけ……瑠奈さんのアソコだけだ……)

むっちりとした太ももやふくらはぎを舐めては撫でて、視線を股間の一点に集中させた。

瑠奈の下半身は小さく跳ね続けている。女の本能が聖域への刺激を求めているのは明白だった。

(いいんだよな……本当に)

グビリと唾を飲み込んでから、ゆっくりと脚を左右へと開かせる。

瑠奈は羞恥の極みだと言うように、両手で顔を覆ってビクビクと震えていた。

ゆっくりと内ももが離れていく。いよいよ股間が露わになる直前で、クチュッと粘性のある水音がした。そして、ついに秘所をさらけ出させた。

(うわっ……周りまでドロドロだ……っ)

秘唇やその周りはもちろんのこと、足の付け根までもが濡れている。まるでシロップをぶちまけたかのような光景だった。

（なんてきれいなおま×こなんだ……ああ、ぱっくり開いて、中がヒクヒクしているのがわかる……）

左右で等しい肉羽は開ききり、鮮やかなピンクの媚肉が露出している。膣口は絶え間なく収縮し、そのたびに淫らな甘露がトロッと流れ出ていた。

「み、見ないで……そんな汚いもの見ないで……いや、ぁ……」

瑠奈が振り絞るような小さい声で懇願してくる。

だが、それだけは拒否せざるを得ない。

「無理ですよ。こんなきれいでエッチなおま×こ……ああ、ずっと見ていたいくらいです」

脚を固定しながらグッと顔を近づけた。

膣膜が収縮するたびに、クチュッと卑しい音が立ち、なんとも言えない生々しい匂いがする。視覚と聴覚、嗅覚とで悠一を熱烈に誘ってくる。

「ダメ……そんなに顔を近づけちゃ……お願いだから……うあ、ああん！」

瑠奈の懇願は卑猥な叫び声へと変化する。

悠一は愛液まみれの秘唇へと口づけした。そのままねっとりと舐めあげる。

（これが瑠奈さんの味……なんでだろう、とても美味しく感じる……っ）

鉄臭くて生々しい味なのに、少しも不快な要素がない。むしろ、舐めれば舐めるほどに欲しくなって仕方がなかった。

羞恥を訴える瑠奈を無視して、彼女の内部にまで舌を進める。跳ね上がる腰を両手でしっかりと固定した。

(瑠奈さんを、もっと気持ちよくしてあげるんだっ)

悠一は膣内から舌を抜き取ると、ぷっくりと膨れた牝芽を舌先で弾く。

「んひぃ！　それは……あ、あぁぁん！」

瑠奈の反応がことさら鋭くなった。摑んでいる手を払いのける勢いで、腰が激しく上下に動く。

(この反応……瑠奈さん、もしかしてオナニーを日常的にしているのか？)

彼女の敏感さは、明らかに自分自身を慰め続けてきた女のものだった。

(瑠奈さんが夜な夜な一人でオナニーしているって……考えただけでもう……っ)

お淑やかで儚げな彼女の痴態を想像するだけで、肉棒がはち切れそうだった。

一気に牡欲が沸騰し、悠一は陰核に食らいつく。

「ま、待って……ああっ、ダメですっ。そんなにしちゃ……ひ、ひぃん！」

瑠奈は枕の上で頭を激しく振り乱す。脚を担ぎ上げた悠一の腕を力一杯摑んできた。

断続的な震えは喜悦の激しさを物語っている。

クリトリスを舐めしゃぶるだけでは物足りない。悠一は舌で陰核を刺激しつつ、熱く蕩けた泥濘へと指を進める。

「う、うあ……中に……う、ううんっ！」

瑠奈が眉をハの字にさせて、濡れた瞳でこちらを見てきた。

薄い恥毛越しに視線が合う。しかし、彼女はぷいと顔を背けると、再び瞼をギュッと閉じてしまう。

（かわいい……こんな人が僕の彼女になってくれたなんて……）

奇跡にも等しい事実を噛みしめ、挿し入れた指の腹で瑠奈の媚膜を弄っていく。

（すごい締め付けだ……というか、随分と狭い気がする。これ、入るかな……？）

指一本入れただけで、瑠奈の膣内はパンパンになっていた。しっかりと解して慣れさせなければ、肉棒を挿入することも難しそうだ。

「痛かったら言ってくださいね……」

悠一は慎重に瑠奈の媚膜を愛撫していく。真梨子に美咲、夏海との行為を思い出し、彼女たちが感じよがってくれた方法を再現した。

「う、ぅん……は、あぁ……うくっ、んっ」

瑠奈は首を反らして、確かに快楽を感じている。巨大な乳房が遅れて揺れる様が艶めかしい。

だが、何かが違った。

(……瑠奈さん、大丈夫かな。ちょっと痛がってるというか、辛そうにしているというか)

繰り返す吐息は甘ったるく、彼女は間違いなく愉悦に漂っている。

だが、硬さというかぎこちなさも感じられた。秘唇を弄られている羞恥と緊張感とがそうさせているのだろうか。

「あの……も、もう私……」

突然、瑠奈が身体を起こして悠一に言う。

「どうしたんですか？」

「……もう入れてください」

「え？」

瑠奈の願いに悠一は固まった。とてもまだ挿入していい状態ではない。

「でも……もう少し柔らかくしてからじゃないと……」

「……お願いです。私、早く悠一さんと一つになりたいんです」

濡れた瞳が輝きながら揺れていた。

そんなことを間近で言われて、拒絶など出来るはずもない。

「わかりました。いいんですね？」

悠一が確認すると、瑠奈は無言でコクリと頷く。再び身体を倒して仰向けになった。

（……慎重に入れよう。ゆっくり入れればなんとかなるかも）

幸い、股間は今もたっぷり濡れている。媚膜は収縮を繰り返し、彼女が興奮状態であることは間違いなかった。

悠一はいったん彼女から離れ、あらかじめ用意していたコンドームを取ろうとする。

「……そのままでいいです」

「え？　で、でも……」

「お願いです。悠一さんと初めてエッチするんです。せめて最初くらいは……直接、悠一さんと繋がらせてください」

恥ずかしさを押し殺し、瑠奈は必死な様子で懇願する。

悠一は考えた。彼女の願い通りに避妊せずに挿入して、果たして本当に大丈夫なのか。万が一、生命を宿すことになったら、自分に責任など取れるのか。その責任はどう取ればいいのか。

だが、どれだけ考えたところで、所詮は若い男である。理性よりも本能が圧倒的に強い。悠一とて、瑠奈とは何の障壁もなく密接したいのだ。

「わかりました……」

いよいよ瑠奈と一つになる。この瞬間をどれだけ思い描いていたことか。

（妄想だと割り切っていたことが、現実になるんだ……なんて幸せなんだっ）

肉棒は今もはち切れんばかりに肥大して、痛いくらいに反り返っている。漏れ出たカウパー腺液で、裏筋はもうヌルヌルだ。

瑠奈は若干顔を背けて不安そうに虚空を見ていた。よくよく見ると、身体が微かに震えている。やたらと緊張しているのが明白だった。

「瑠奈さん、いきますよ……」

少しでも不安を和（やわ）らげようと、瑠奈に覆い被さり密着する。腰の動きだけで姫割れを探った。

ぬるっとした股間の肌を亀頭が滑り、やがて聖域の入り口に到達する。濡れているだけでなく、とても熱くなっていた。収縮する膣口が媚びるように先端に吸着する。

（入れるぞ……ゆっくりだぞ、焦るな……）

自分自身に言い聞かせ、悠一は慎重に腰を押し出した。

亀頭が姫口に潜り込み、張り出したカリが淫膜を押し広げていく。

「うぅ……うぅ……くぅ、ん……」

瑠奈は呻くように声を漏らして、悠一の背中にしがみついた。深度が深くなるごとに、腕の震えが大きくなる。ついには爪を立ててきた。

（大丈夫かな。なんか、とても苦しそうだ……）

「瑠奈さん、もしかして痛いですか？　いったん抜きましょうか？」

さすがに心配になった悠一は、ペニスを止めてから瑠奈の顔を覗き込む。

「だっ、大丈夫です。このまま続けて……止まらないでください……っ」

気丈に言う瑠奈だったが、額には脂汗が浮かんでいた。歪む顔に黒髪が貼り付く姿が、痛々しさを演出する。

「……無理そうなら言ってくださいね。うう……っ」

瑠奈をしっかり抱きしめながら、悠一は腰を再び押し込んだ。

強烈な締付けがペニスを襲う。今までの三人とはまったく異なる挿入感だった。

（……なんだ？　まだ全部入っていないのに行き止まりだぞ。瑠奈さんの中って浅いのかな？）

深くなれば深くなるほどに締め付けは強くなっていた。ついにはピタリと止まってしまう。

だが、押し込んでみると、奥にはまだ空洞がある気配がした。ここをこじ開ければすべてが入りそうだ。

「くぅ、っ……全部、来てください。止まらないでぇ……」

瑠奈が苦しそうに言ってくる。その表情は痛みに耐えている必死なものだった。

（いいのか、本当に……）

悠一の中で迷いが生じる。

しかし、彼女が本気で自分との結合を望んでいる以上、断ることなど出来なかった。

悠一は瑠奈をじっと見つめて覚悟を決める。

「いきますよ。力を抜いてください」

瑠奈はコクリと頷いてから静かに瞼を閉じた。

強張っていた股間が弛緩する。その隙をついて悠一は肉槍を押し込んだ。

メリメリと肉膜が裂けていくような感覚があり、次の瞬間、ついに行き止まりだったものを突き破る。肉棒が一気に根本まで侵入した。

「ひぐぅっ！　あ、ああっ……くぅ、っ」

瑠奈の身体が跳ね上がり、すぐに硬直しながらカタカタと震える。驚愕したように目を見開いていた。
(ううっ、めちゃくちゃ狭い……それに締め付けが……ん？)
窮屈さに顔を歪めて結合部を覗く。その光景にギョッとした。
肉槍の根本にじわりと赤いものが混じっている。まさかと思って瑠奈の顔を見た。
「瑠奈さん……もしかして、まだ経験が……？」
顔を背けた彼女がゆっくりと頷いた。続けて、流し目でこちらを見つめてくる。
「ごめんなさい……恥ずかしくて言えなかったんです。この歳になっても……その
……処女だなんて……」
「そんな……恥ずかしいことなんかじゃないですよ」
悠一は自分を恥じた。彼女の様子や反応で、そんなことくらいには気づくべきだっ
たのだ。
「すみません……僕が気づかず、強引に続けてしまって……」
すると、瑠奈の手がゆっくりと頬に添えられる。
「違いますよ……悠一さんは私の願いを叶えてくれました。初めては絶対に恋人と
……悠一さんとしたいと思ってたから。私……今、とっても幸せなんです」
指先まで震えた手が後頭部に回って引き寄せられる。至近距離で視線が絡み、甘い

吐息が口元を撫でてくる。

「このまま抜かないでくださいね……ずっとこのままで……」

呟きのあと、どちらからともなく口づけを交わす。悠一が舌を忍ばせると、彼女がすぐに絡みついてきた。

全身をビクビクさせながら、瑠奈がしっかりとしがみつく。腕は背中と頭に回って、両脚は腰に巻き付いてきた。

(ああ、幸せだ……幸せすぎて、ずっとこうしていたい……)

貫通させた媚膜の中で、肉棒までもが幸福に酔いしれていた。

3

経験したことのない多幸感が瑠奈を包んでいた。

痛みは確かに感じられ、しかも想像以上に強烈だ。しかし、好きな男と一つになれた事実が、瑠奈の心を熱くさせている。

(ずっとこうなりたかったの。痛みなんてどうでもいい……っ)

希望が成就し、歓喜と愛おしさがこみ上げる。それは濃厚な口づけとして行為に表れ、瑠奈は必死で悠一の口腔粘膜を求め続けた。

「瑠奈さん、キスが激しい……んんっ」

「あぁ……だって……嬉しくて、止められないんです……もっと私とキスしてください……」

口の周りは唾液にまみれ、顎や頬を伝う感覚すらあった。しかし、そんなことに構う余裕も必要もない。悠一と少しでも深くしっかりと繋がりたい。それだけが瑠奈の願いだった。

(中はまだヒリヒリするけど……すごく押されて満たされて……これが男性を受け入れるってことなんだ)

未知の感覚に意識が遠くなりそうだった。太くて長大だと思われた男根が、自分の体内に埋まっている。不思議な思いこそすれど、少しも不快には思わない。

(入れてもらっているだけじゃダメだよね……悠一さんには気持ちよくなってもらわないと)

自分のことなどどうでもいい。すでに十分優しく気遣ってもらっている。今度は自分が悠一に与えなければならない。自分の身体で愉悦を感じてもらいたい。瑠奈の希望はその一点に集中した。

「悠一さん……動いていいですよ。いえ……動いてください……」

「え？　でも、瑠奈さん、痛みが……」

青年の気遣いに胸が熱くなる。この人を好きになって本当に良かったと思った。

「気持ちよくなって欲しいんです。今度は手じゃなくて、私の中で……お願いします」

言ったあとから恥ずかしくなる。自分がこんな懇願をするとは思いもしない。

「瑠奈さん……っ」

悠一が名前を呼んで、今一度身体を抱きしめてくる。

肉棒がゆっくりと引きずり出される。膣奥に虚空が生まれ、切なさがこみ上げた。

しかし、それは一瞬のこと。悠一はすぐに腰を押し戻した。蜜肉が圧迫されて、思わず声が出てしまう。

「うぎっ……あ、あっ……もっとしてください。私を……もっと求めて……？」

痛みと幸福感とで頭の中はぐちゃぐちゃだった。悠一を見上げる視界が滲んで、目尻から雫がこぼれてしまう。

「あ、あぁ……瑠奈さん……瑠奈さんっ」

感極まった様子で名前を呼んで、悠一が連続して腰を繰り出してきた。

グチュグチュと淫猥極まる音色が二人を包み込む。

(私の中に悠一さんがいっぱいで……ああっ、なんて幸せなのっ)

痛みはいつしか幸福感に上書きされた。少しでも悠一の肌と汗と呼吸を感じたい。

瑠奈は貫かれながら、彼の身体を撫で回してはしがみつく。

「うう……瑠奈さんの中、めちゃくちゃ気持ちいいですっ」

膣奥に肉棒を押し込みながら、悠一が震えた声で言ってくる。

「はあ、ぁ……嬉しいです。私の身体は悠一さんのものですからね。好きなように使ってくれていいんですからね……っ」

自分は彼の恋人であると同時に性具である。そう考えるだけで、瑠奈の脳内をピンクの火花が舞い散った。

(心も身体も全部使って、彼を愛したい。それが私の願いで……幸せなんだからっ)

「あ、あはっ……あ、ぅん……はあ、ぁっ」

締まりを無くした唇から、思わぬ甘い声が出た。

自分自身でびっくりする。悠一の動きが止まった。彼も驚いた様子でこちらを見てくる。

「瑠奈さん……もしかして」

彼の言いたいことはよくわかったが、自分自身でも自信が無い。

今一度、確認しようと、自ら腰を上下に揺らした。

「あう、んっ。あ、あぁ……ほ、本当に……？」

もう間違いない。瑠奈の媚膜は快楽を甘受していた。

（こんな早く慣れるものなの？　それとも……私がそれだけエッチだっていうこと？）

突然の変化に、瑠奈は混乱を禁じ得ない。

だが、同時に喜びも生まれていた。

（悠一さんとのエッチで感じられている……こんなに早く、悠一さんに気持ちよくしてもらえるだなんて……っ）

瑠奈の表情から強張りが解けて、心からの笑顔になる。悠一にしか見せない特別な笑顔だ。

「悠一さん、私、気持ちいいです……ああっ、身体の奥からじわじわ来て……」

快楽の自覚が、無意識に腰を揺らしてしまう。自分から膣奥を押しつけて、悠一との深い結合を求めてしまった。

「うあ、ぁ……瑠奈さん、そんなに押されたら……っ」

蜜壺の中で悠一の分身がビクビクと跳ね上がっているのがよくわかった。媚膜と寸分の隙間もなく密着し、ノックされるのがたまらない。

「ごめんなさい……でも、ああっ……気持ちいいんです。腰が……止められないんですぅ」

はしたないとは思うものの、下半身の動きを止められない。腰の揺らぎは徐々に大きくなってしまい、自ら卑猥な蜜鳴りを響かせてしまう。

(すごいの……っ。少し動くだけでとっても気持ちよくて……これがセックスなんだ。一人でするのとは全然違う……っ)

頻度こそ多くはないものの、自分を慰めることはある。陰核を弾いて乳首を捏ね、身体を震わせては喜悦を得ていた。

だが、そんな快楽は性交と比べれば遊びである。それほどまでに、今、自分を飲み込む悦楽は深くて魅力的だった。もう瑠奈の脳内は、桃色の欲求にまみれている。

「悠一さんも動いて……私の奥をいっぱい突いて。私でどこまでも気持ちよくなってください……っ」

「ああ……瑠奈さんっ」

悠一が歯を食いしばり、重い衝撃を子宮口へと与えてくる。

「ひぃ、ぃん！　あ、ああっ……すごいですっ、はぁ、ああんっ」

股間への打擲は先ほどよりもなめらかだった。打ち込まれる度に、下腹部と脳内で甘やかな愉悦が炸裂する。

「ああっ、悠一さん……好きですっ、本当に好きっ」

目元に熱を感じつつ、しっかりと悠一を見て叫ぶ。

彼の身体からの発熱が肌を焦がす。滴り落ちてくる汗が、瑠奈の骨身に甘く染み渡る。

「僕もですっ。瑠奈さん、好きですっ。大好きです！」

悠一が肩を摑んで腰を繰り出しながら、何度目かわからないキスをしてくる。

それにすぐに呼応して、瑠奈の方から舌を差し出した。

（すごいよぉっ。こんなのたまらない……自分を止められない……っ）

未知の官能に誘われた瑠奈は、すっかり愛欲の虜になり果てていた。

今までにない興奮に悠一は本能を沸騰させていた。

肉棒は鋼のように硬くなり、瑠奈の媚膜を力強く掘削する。それに呼応して締め付けられる感覚が、たまらなく甘美で仕方がなかった。

（瑠奈さんがセックスで感じてくれている……僕とのセックスでこんなにもエッチできれいな姿を見せてくれている……っ）

瑠奈の白い肌は汗ばんで、鈍く光を照り返している。黒い髪が頬や首筋に貼り付く様が妖艶なことこの上ない。

仰向けでも横に流れることのない乳肉は、大きな盛り上がりを描きつつ、たっぷりと重そうに前後左右に揺れていた。

「ああっ、ああんっ！　すごいです……あはぁ、っ……すごい気持ちいいですっ」

喘ぎながら濡れた瞳を向けられて、悠一の肉棒は根本から大きく跳ね上がる。先走り汁の湧出は止まらずに、瑠奈の愛液と混じり合っていた。

（ぐちゃぐちゃといやらしい音がして……ああっ、匂いまでなんてエッチなんだっ）

結合部は互いの淫液が攪拌され、むせ返るような淫臭を放っていた。それが彼女の甘い芳香と相まって、悠一をどこまでも酔わせてくる。まさに媚薬の香りだった。

「ねぇ、もっと突いて……もっと激しくしていいですからっ」

悠一にしがみつく瑠奈が赤い顔で懇願する。

顔の赤みは恥じらいではない。愉悦と牝の本能とが沸騰したゆえのものだ。

（瑠奈さんがこんなに乱れて……！）

悠一の理性が決壊する。抑えていた獣欲が火を吹いた。

引いた腰に力を込めて叩きつける。バチュンと濡れた肉が弾き合い、瑠奈の甘露が飛び散った。想い人の裸体が反り返る。

「はうぅん！　あっ、ああっ！　これ、すごい……ああっ、奥がぁ！」

甲高い悲鳴が瀟洒（しょうしゃ）な室内に響き渡る。

悠一の意識は牡の本能に支配され、美しい牝を求めることしか考えられない。瑠奈の身体に汗を滴らせながら、必死になって肉棒を突き入れた。

「瑠奈さんっ、瑠奈さん！」

沸騰した牡欲の中では、名前を連呼することしか出来なかった。

瑠奈が喜悦に濡れた瞳で見つめてくる。閉じることを忘れた唇からは、ピンクの舌が覗いていた。愉悦に喘ぐ口内で柔舌が蠢く様は、あまりにも卑猥だ。

（マズい……このままだともう出るっ）

射精欲求が急速にこみ上げた。はち切れそうな肉棒が、ビクビクと痛いくらいに脈動する。

「ああっ、ああぅ！　悠一さんっ、悠一さん！」

瑠奈が背中に爪を立てながらしがみつき、自らの膣奥を擦りつけてきた。雁首が媚肉を抉って、破滅的な悦楽を与えてくる。

「うぐぅ、っ……もう無理です！　出ちゃいます……あ、ああっ」

射精する直前で腰を引こう。瑠奈の引き締まった腹部に白濁液を撒き散らせばいい。

悠一はそう考えて、蜜壷を打擲し続ける。

が、そんな考えは瑠奈によって否定された。彼女の震える両脚が腰へと絡みついて、力いっぱいに引き寄せてくる。

「る、瑠奈さんっ、ダメですっ、解いて！　このままだと中に……っ」

「出してくださいっ、中で……中でイってっ！　私の奥で最後まで気持ちよくなってぇ！」

瑠奈がすがるように叫んできた。決して離れないとばかりに、全身を使ってしがみついてくる。下腹部の動きはさらに強まり、自分自身で子宮口を押しつぶす。

「出して……出してぇ！　私の中まで愛して！　悠一さんに染めてぇ！」

普段の瑠奈からは想像も出来ないことを喚いてきた。

蜜壷の圧迫と牝欲に喘ぎ狂う瑠奈の卑猥さに、ついに怒張は臨界点を突破する。

「で、出るっ……ぐあ、あっ！」

股間の奥底で喜悦が爆(は)ぜた。猛烈な勢いで灼熱の本能が噴出する。

「んぎっ！　あ、あぁっ……くぅ……んっ！」

おとがいを天井に向けて、瑠奈の裸体が硬直する。腰と尻を浮かせた状態で、カタカタと戦慄いた。

(この反応……もしかして、瑠奈さんもイったのか……？)

彼女の様子は明らかに絶頂した女のものだ。処女を散らしたのが今さっきだというのに信じられない。

その間にも肉棒は何度も大きく跳ね上がり、おびただしい量の精液を撒き散らした。

「瑠奈さん……大丈夫ですか……？」

長い射精がようやく終わって、悠一は瑠奈を見る。

果てた彼女はベッドに身体を沈めて、激しく呼吸を繰り返していた。汗に濡れた白い肌が艶めかしい美しさを放っている。たわわな乳房が呼吸から一拍遅れて揺れていて、頂点の乳頭は今も硬い。

「はい……あぁ、お腹が……熱いものでいっぱいで……とても幸せなんです……」

小刻みに震える手を下腹部に重ねて、優しい微笑みを浮かべていた。

(かわいい……かわいい上に、なんてエッチなんだ……)

一種の感動を覚えつつ、悠一はゆっくりと肉棒を引き抜いた。

ドロドロになった姫割れはだらしなく口を開き、ゆっくりと精液をこぼし始める。

「ああ、出ちゃう……ダメぇ……」

垂れる精液を指で掬って、押し戻すように捏ねていた。グチュグチュと淫猥な水音が奏でられ、控えめな嬌声が重なり合う。

(瑠奈さん、なんてことを……っ)

あまりにもはしたない行いに悠一は絶句した。淫液まみれの肉棒もそのままに、じっと彼女の痴態を眺めてしまう。

「はぁ、ぁ……悠一さん、おち×ちんがまた大きくなり始めていますよ……？」

蕩けきった瞳が悠一の股間を見つめていた。

彼女の言うとおり、肉棒には再び血流が集まっている。瑠奈の淫らさに本能は休むことが出来なかった。

「……また硬くしてあげますね」

「え……？」

悠一の疑問を無視するように、瑠奈はもぞもぞと身体を動かす。

屹立になりかけたペニスに顔を近づけ、当たり前のように舌を伸ばした。

「うあ、っ……ま、待って。拭いてないし、イったばっかりだからっ」

「んあ、ぁ……私がきれいに舐め取ります。それに……今ので終わりだなんてイヤです。もっと……もっと悠一さんと気持ちよくなりたい……」

ついには亀頭を口に含んで、ゆっくりと飲み込んでしまう。敏感な状態の肉棒にはあまりにも強い刺激であったが、一方で一気に鋼の硬さを取り戻してしまう。

「ふふっ……本当に硬くて太いです……これが私の中に入っていたなんて……ん、んふぅ……」

恥も理性も忘れたのか、瑠奈は丁寧に勃起を愛で続ける。動きはぎこちないが、その不慣れな感じが悠一をより昂ぶらせた。

（瑠奈さんって……実はめちゃくちゃエッチな人なんじゃ……）

淫女の片鱗を見せる彼女に悠一は戦慄した。

だが、そんな彼女を恋人にした以上は、しっかり相手をしなければならない。

（……覚悟を決めるか）

一人、心の中で決意をして、与えられる愉悦に呼吸を震わせる。

結局、二人だけの淫宴は朝日が昇っても終わらなかった。土日の二日間、寝食以外のほとんどの時間を肌を重ね続けて過ごしたのだった。

エピローグ

秋はすっかり深まって、樹木によっては既に枯れ葉を舞い散らせていた。朝の空気は冷たさが増し、冬はもうすぐそこである。

この日も悠一は莉乃葉と手を繋いでの登園だ。相変わらず保育園が楽しくて気持ちが抑えられないのか、幼い妹の歩くスピードは速い。

「ねぇねぇ、もっと速く歩いてよぉ。私、早く行きたいの」

「わかった、わかったから。あ、こらっ、だからって走るんじゃないっ」

いつもの角を曲がると、そこは園児と保護者で賑(にぎ)わっていた。園門には一人の女性。長いストレートの黒髪は艶やかでいつもと同じ温かい笑みを浮かべている。この保育園の保母であり、悠一の恋人である瑠奈だった。

「一ノ瀬先生っ、おはようございますっ！」

梨乃葉は当たり前のように瑠奈の脚にしがみつき、それを悠一がたしなめる。毎日繰り返している日課ともいうべき流れだった。

「梨乃葉ちゃん、おはよう。笠間さんも……おはようございます」

そう挨拶する瑠奈の表情は、皆に向けている微笑みとは若干違った。恋情を宿した熱い瞳に、悠一は少し気恥ずかしくなる。

「おはようございます。今日も莉乃葉をよろしくお願いします」

悠一は平静を装おうとするが、やはり少し目が泳いでしまう。付き合い始めてから何度も繰り返している朝なのに、いつまで経ってもまったく慣れない。

（そりゃそうだろ。毎晩毎朝、あんなエッチな写真送ってくるんだから……）

昨夜は風呂上がりの全裸写真を送られて、今朝に至ってはオナニー動画を送られた。動画内で彼女は股間を弄りながら、自分の名前を切迫した様子で連呼していたのだ。

（あんな動画を朝から送られて……意識するなっていうほうが無理だよ……）

きれいで優しい保育士は、恋人の自分に対してだけは卑しくてはしたない淫乱だ。表裏のギャップと特別感とが、悠一の意識をかき乱してくる。

「……ねぇ、お兄ちゃん。一ノ瀬先生と何かあった？」

突然、莉乃葉が口を開いた。不意の質問に肝が冷える。

「へっ？　い、いやっ、何もないよ？　何を言ってるんだよ、まったく。ねぇ、先生？」

「そっ、そうですよね。何もないわよ、莉乃葉ちゃん？」

二人して慌てて否定した。どちらも嘘が下手くそだ。

それを莉乃葉もなんとなく感じ取ったらしい。二人を交互に見上げる顔には、純粋な疑問が消えていない。

(莉乃葉も意外と鋭いな……気をつけないと……)

彼女が保育園に通っている間は、気づかれないようにしようと決めていた。だが、それを実現できるかはかなり怪しい。

(瑠奈さんも明らかに特別な視線で僕を見てくるしな……バレたらバレたで仕方がないか……)

悠一と瑠奈、莉乃葉の三人だけが朝の保育園の空気から隔絶されていた。

「あの二人、すっかり自分たちの世界に入り浸ってますね」

園舎の前から園門を見つめて美咲が言った。

両脇には真梨子と夏海が立っている。皆、じっと二人を眺めていた。

「若いっていいですね。見ていて羨ましくなっちゃう」

ほぉ、と羨望のため息をつくのは真梨子だ。細指を頬に当て、うっとりしたような顔をする。

「ご主人さまも一ノ瀬先生も幸せそうですね。はぁ、ぁ……いいなぁ……」

夏海の声には一抹の未練があった。ご主人さま呼びが抜けていないことから察するに、悠一を忘れられないのだろう。

「……ちょっと妬けますね」

ポソリ、と美咲は呟いてみる。

両脇の二人が静かに頷く気配があった。

「……そもそも、あの二人をくっつけたのは私たちなんですよ。労力にはそれなりの対価を……感謝をもらってもいいんじゃないでしょうか」

涼やかな声で真梨子は言う。冗談などではなく本気のものだと直感でわかった。

「私も……やっぱりご主人さまに飼われて躾けてもらわないと……毎晩、一人で身体を鎮めるのは寂しすぎます……」

そう言う夏海の声は、既に妖しく揺れていた。自分の中で秘められていたマゾ性を開花させられたのだから、今の状況は相当に苦しいはずだ。

「私も皆さんと同じです。恋人とはいえ、悠一くんを独り占めされて、面白いはずがありません」

美咲がそう言うと、再び二人がコクリと頷いた。

「……一ノ瀬先生、相当な好き者ですよ。あんな清楚な雰囲気を醸してますけど、本性は私たちと同じです」

美咲の直感がそう告げていた。もしかしたら、自分たち以上に卑猥な牝の顔をしているかもしれない。

「……ねぇ、絹川さん。それなら、一ノ瀬先生を仲間にしちゃいましょうよ」

真梨子が恐ろしいほど妖艶に微笑んだ。

「恋人っていう特別な立場は踏み荒らさないから……笠間さんとの素敵な関係は認めてもらいましょう。一度、みんなで交われば、きっとわかってくれるかもしれないです」

「いいですね……私、副園長に賛成します。ご主人さまと繋がり続けられるなら、なんだって協力します」

夏海が辛抱たまらないといった感じで、熱い呼吸をゆっくりと繰り返す。かすかに下半身が揺れているように見えた。

「……決まりですね。大丈夫です。彼女、私たちも含めた関係に、最終的には酔いしれてくれますよ」

良識も常識も無い考えに、三人の淫女が一致団結する。めくるめく悠一との官能を思い出し、美咲の女としての芯が震えた。

「悠一くんと一ノ瀬先生……二人とも、もっと卑猥で素敵な世界に連れて行ってあげる……ふふっ」

「一ノ瀬先生にも私のおっぱいを堪能(たんのう)してもらわなきゃですね……うふふっ」

「ご主人さまと一ノ瀬先生、二人一緒に私を躾けてくれるかも……ふふふっ」

三人それぞれが淫らな期待に胸を躍らせる。

抜けるような青空の下、五人の新たな日常が始まろうとしていた。

（了）

※本作品はフィクションです。作品内に登場する
団体、人物、地域等は実在のものとは関係ありません。

ゆうわく保母さん

〈書き下ろし長編官能小説〉
2022年10月24日初版第一刷発行

著者……………………………………………… 羽後 旭

デザイン…………………………………………小林厚二

発行人……………………………………………後藤明信
発行所………………………………………株式会社竹書房
〒102-0075 東京都千代田区三番町8-1
三番町東急ビル6F
email：info@takeshobo.co.jp
竹書房ホームページ http://www.takeshobo.co.jp
印刷所……………………………中央精版印刷株式会社

■定価はカバーに表示してあります。
■落丁・乱丁があった場合は、furyo@takeshobo.co.jp までメールにて
お問い合わせください。